CB026967

POLLYANNA

ELEANOR H. PORTER

POLLYANNA

Tradução
MARINA PETROFF GARCIA

Graduada em Ciências Econômicas pela PUC
e pós-graduada em Tradução pela USP.
Possui proficiência em inglês pela Cambridge University
(ARELS Higher Certificate)
e em russo (MGU)
pela Universidade Governamental de Moscou.

VIALEITURA

Grafia conforme o novo Acordo Ortográfico da Língua Portuguesa.

1ª edição, 1ª reimpressão, 2019.

Editores: Jair Lot Vieira e Maíra Lot Vieira Micales
Coordenação editorial: Fernanda Godoy Tarcinalli
Produção editorial: Fernanda Rizzo Sanchez
Tradução: Marina Petroff Garcia
Revisão: Brendha Rodrigues Barreto e Tatiana Yumi Tanaka Dohe
Diagramação: Karine Moreto de Almeida e Studio Mandragora
Projeto gráfico e Arte da capa: Studio Mandragora
Ilustração da capa: Marcela Badolatto

Dados Internacionais de Catalogação na Publicação (CIP)
(Câmara Brasileira do Livro, SP, Brasil)

Porter, Eleanor H., 1868-1920.
    Pollyanna / Eleanor H. Porter ; tradução Marina Petroff Garcia. – São Paulo : Via Leitura, 2015.

    Título original: Pollyanna.

    ISBN 978-85-67097-08-4

    1. Literatura infantojuvenil I. Título.

15-01203   CDD-028.5

Índices para catálogo sistemático:
1. Literatura infantil : 028.5
2. Literatura infantojuvenil : 028.5

VIA LEITURA

São Paulo: (11) 3107-4788 • Bauru: (14) 3234-4121
www.vialeitura.com.br • edipro@edipro.com.br
@editoraedipro   @editoraedipro

Para
minha prima Belle

CAPÍTULO 1
SRTA. POLLY

A SRTA. POLLY HARRINGTON apressou-se a entrar na cozinha naquela manhã de junho. Não era seu costume ter pressa; tinha especial orgulho de seus modos tranquilos. Contudo, estava acelerada de verdade.

Nancy, que lavava os pratos, ergueu os olhos, surpresa. Trabalhava na cozinha da srta. Polly havia apenas dois meses, mas sabia que a patroa não costumava se apressar.

— Nancy!

— Senhora? — perguntou alegremente, continuando a enxugar o jarro que tinha nas mãos.

— Nancy — agora, a voz da srta. Polly pareceu severa —, quando eu falar com você, espero que interrompa o serviço e ouça o que tenho a dizer.

Corando muito, Nancy logo baixou o jarro, ainda com o pano de prato, quase o derrubando, o que não a ajudou muito na compostura.

— Sim, senhora, vou *fazê* isso — gaguejou, endireitando o jarro e virando-se rapidamente. — Só *tava* colocando as *coisa* em *ordi*, pois hoje, em especial, a senhora me *dissi pra* eu *corrê* com a louça, lembra?

A patroa franziu a testa.

— Assim não dá, Nancy. Não pedi explicações. Pedi sua atenção.

— Sim, senhora — Nancy abafou um suspiro. Imaginou se haveria algum modo de poder agradar a mulher. Jamais "trabalhara fora" antes, mas uma mãe doente que enviuvara de repente, deixada com três crianças mais novas, além de Nancy, forçou a garota a fazer algo para o sustento. Ficou muito satisfeita ao encontrar um trabalho na cozinha daquela casa grande da colina. Viera da família "The Corners", cerca de dez quilômetros dali, e conhecia a srta. Polly Harrington apenas como "a senhora da antiga propriedade dos Harringtons e uma das habitantes mais ricas da cidade". Fazia dois meses. Agora, conhecia-a como uma mulher sisuda, de rosto severo, que franzia a testa se uma faca tilintasse no chão ou se uma porta batesse e nunca pensava em sorrir, mesmo quando facas e portas estivessem paradas.

— Quando terminar o serviço da manhã, Nancy — disse a srta. Polly —, pode limpar a saleta que fica na saída da escada no sótão e armar a cama desmontável. Varra e limpe o quarto, é claro, depois de ter tirado os baús e as caixas.

— Sim, senhora. E, por favor, *ondi* ponho todas as *coisa* qu'eu *tirá*?

— No sótão da frente. — A srta. Polly hesitou e acrescentou: — Acho que posso te contar agora, Nancy. Minha sobrinha, a srta. Pollyanna Whittier, vem morar comigo. Ela é uma criança e dormirá naquele quarto.

— Uma garotinha morando aqui, srta. Harrington? Puxa, vai *sê* legal! — exclamou Nancy, pensando na alegria que suas pequenas irmãs traziam à sua casa, entre os "The Corners".

— Legal? Bem, não é essa a palavra que eu usaria — replicou a srta. Polly, de forma rígida. — Entretanto, pretendo fazer o melhor possível, espero ser uma boa mulher e conheço o meu dever.

Nancy corou e sentiu calor.

— É claro, senhora; só pensei que uma garotinha aqui *pudia*... *pudia alegrá* as *coisa pra* senhora — gaguejou.

— Obrigada — foi a resposta seca. — Não consigo pensar que precise disso agora.

— Mais é claro *qui*... *qui* a quer, é filha *di* sua irmã — sondou Nancy, tendo a vaga sensação de que precisaria, de alguma forma, preparar uma recepção para a pequena e solitária desconhecida.

CAPÍTULO 1

Altiva, a srta. Polly ergueu o queixo.

— Ora, Nancy, realmente, apenas porque aconteceu de eu ter uma irmã tola o suficiente a ponto de casar e trazer a um mundo já tão populoso crianças desnecessárias, isso não significa que eu deva exatamente QUERER eu mesma tomar conta delas. Entretanto, como já disse, espero saber o meu dever. Capriche nos cantos, Nancy — concluiu abruptamente deixando a cozinha.

— Sim, *sinhora* — suspirou Nancy, erguendo o jarro quase seco, que por isso devia ser enxaguado novamente.

Em seu quarto, a srta. Polly tornou a tirar a carta que recebera havia dois dias da distante cidade ocidental, com aquela surpresa tão desagradável! A carta estava endereçada à srta. Polly Harrington, Beldingsville, Vermont, e dizia o seguinte:

Prezada senhora — lamento informá-la de que o reverendo John Whittier faleceu há duas semanas, deixando uma criança, uma filha de 11 anos. Ele não deixou praticamente nada além de alguns livros, pois, como sabe, sem sombra de dúvida, era um pastor desta pequena missão e tinha um salário muito baixo.

Suponho que era marido da sua falecida irmã, mas deu-me a entender que o relacionamento entre vocês não era dos melhores. Pensou, no entanto, que, em memória de sua irmã, talvez quisesse aceitar a criança e educá-la entre os parentes, no Leste. É por essa razão que lhe escrevo.

Quando receber esta carta, a menina estará pronta para partir e, se puder aceitá-la, agradeceríamos muito que nos respondesse dizendo que ela pode ir de imediato, já que há um casal que seguirá em breve para o Leste e poderá acompanhá-la até Boston, colocando-a no trem para Beldingsville. É claro que a senhora será notificada que dia e em qual trem deverá esperar por Pollyanna.

No aguardo de uma resposta afirmativa sua em breve, atenciosamente,

Jeremiah O. White

Franzindo a testa, a srta. Polly dobrou a carta e enfiou-a no envelope. Ela respondera à carta no dia anterior, dizendo que ficaria, é claro, com a criança. Ela ESPERAVA conhecer seus deveres suficientemente bem! — por pior que fosse a tarefa.

Sentada, com a carta nas mãos, seus pensamentos voltaram-se para a irmã, Jennie, a mãe da criança, para o tempo em que ela, uma garota de 20 anos, insistira em casar-se com o jovem pastor, apesar da oposição familiar. Havia um senhor de posses que se interessara por ela, e a família o teria preferido ao jovem ministro, mas não Jennie. O senhor de posses tinha mais idade, além de mais dinheiro a seu favor, enquanto o pastor tinha a cabeça cheia de ideias típicas da juventude e entusiasmo, além de um coração repleto de amor. Jennie o escolheu e foi para o Sul, como esposa de um missionário.

Houve, então, um rompimento. A srta. Polly lembrava bem, embora fosse mais nova, tinha 15 anos à época. A família pouco tinha a ver com a esposa de um missionário. Jennie, de sua parte, escrevera um pouco contando sobre seu último bebê, "Pollyanna", nome dado em honra de suas duas irmãs, Polly e Anna. Os outros bebês faleceram todos. Esta foi a última vez que Jennie escrevera; em alguns anos, chegou a notícia de sua morte, relatada em carta lacônica e inconsolável do próprio pastor, datada em uma pequena cidade do Oeste.

Enquanto isso, o tempo não parou para os ocupantes da casa grande da colina. A srta. Polly, observando o vale se estendendo à sua frente, pensou nas mudanças ocorridas naqueles 25 anos.

Agora, aos 40 anos, estava sozinha no mundo. O pai, a mãe, as irmãs, todos falecidos. Há anos era a única dona da casa e dos milhões deixados pelo pai. Havia pessoas que abertamente lastimavam sua vida solitária e insistiam que tivesse alguma amiga ou companheiro para viver com ela, mas ela não acatava seus conselhos, nem a preocupação. Dizia que não era solitária, que gostava de estar sozinha. Preferia a tranquilidade, mas agora...

A srta. Polly ficou em pé, as sobrancelhas franzidas, os lábios apertados. Estava contente, é claro, por ser uma boa mulher e não somente por saber de seus deveres, como também por ter força de caráter para cumpri-los. Mas, POLLYANNA, que nome ridículo!

CAPÍTULO 2
O VELHO TOM E NANCY

NO PEQUENO SÓTÃO, Nancy varreu-o e esfregou com vigor, caprichando nos cantos. Em alguns momentos, o vigor que punha no trabalho era mais um alívio para os sentimentos de ardor por limpar a sujeira. Apesar da submissão receosa à patroa, Nancy não era nada santa.

— Eu só *quiria podê escarafunchá us cantos* d'alma dela — resmungava, marcando suas palavras com golpes fortes do esfregão. — *Achu* que precisam de uma boa limpeza, precisam sim! Pensa em *metê* essa criança *abençuada* aqui em cima, neste quarto quente no verão, sem lareira no inverno, com essa casa imensa à disposição! Criança desnecessária, como é possível? Tsk! — furiosa, torcia seu trapo com tanta força que seus dedos doíam do esforço. — *Apostu* que não são CRIANÇAS as mais DESNECESSÁRIAS agora!

Trabalhou algum tempo em silêncio; então, concluída a tarefa, olhou desgostosa ao redor do quartinho espartano.

— Bom, *tá* pronto, a minha parte, pelo *menus*! — suspirou. — Não tem mais sujeira aqui, não há quase nada mais. Pobre menina! Que lugarzinho para se *pô* uma criança saudosa e solitária! — concluiu, saindo e fechando a porta com um estrondo. — Nossa! — exclamou, mordendo o lábio. Logo, completou teimosa: — *Qui mi'mporta*, espero que tenha *ouvidu* a batida. Espero mesmo!

Naquela tarde, no jardim, Nancy encontrou tempo para tagarelar com o velho Tom, que havia anos arrancava ervas daninhas e conservava as trilhas da propriedade.

— Seu Tom — Nancy puxou conversa lançando um rápido olhar sobre o ombro para ter certeza de que não era observada —, o *senhô* sabia que uma *minininha* vem *morá* aqui com a srta. Polly?

— Uma o quê? — perguntou o idoso, endireitando as costas dobradas com dificuldade.

— Uma *minininha*, *pra morá* com a srta. Polly.

— *Num* diga — zombou Tom, descrente. — Vai *dizê* que o sol vai se *pô no lesti* amanhã?

— Mais é *verdadî*! Ela mesma *mi contô* — insistiu Nancy. — É sua sobrinha, ela tem *onzi* anos.

O homem ficou de queixo caído.

— Puxa, eu *mi pregunto* — murmurou ele, então uma luz tênue iluminou seu olhos enevoados. — *Si num* é — deve ser — a garotinha da srta. Jennie! *Ninhum dus* outros se *casô*. Nossa, Nancy, deve ser a mocinha da srta. Jennie. Deus seja louvado, *pensá* que meus *óiu* vão *vê* isso!

— Conheceu a srta. Jennie?

— Era um *anju* do paraíso — contou o homem, com fervor —, mas era conhecida como a *fia* mais *veia* do velho *sinhô* e da *sinhora*. Tinha 20 anos quando *si casô* e foi *si'mbora* há muitos *anus*. Seus bebês morreram todos, ouvi dizer, *menus* o *úrtimo*; e *devi sê* ela *qui* está vindo.

— Ela tem *onzi* anos.

— É, *devi tê* — concordou o velho.

— E vai *durmi* no sótão, que VERGONHA! — censurou Nancy, tornando a olhar por cima do ombro, para a casa atrás de si.

O velho Tom resmungou. Então, um sorriso curioso surgiu em seus lábios.

— Eu me *pregunto*: o que a srta. Polly vai *fazê* com uma criança na casa? — disse ele.

— Tsk! Bom, e eu me *pregunto u* que uma criança vai *fazê* com a srta. Polly na casa! — exclamou Nancy.

CAPÍTULO 2

O velho riu.

— Parece *qui num* gosta muito da srta. Polly — zombou.

— *Comu* se alguém pudesse *gostá* dela... — ironizou Nancy.

O velho Tom deu um sorriso maroto. Abaixou-se e voltou ao trabalho.

— *Achu* que não *sabi* a respeito do *casu* de *amô* da srta. Polly — disse alto.

— Um *casu* de amor? Não! *Achu qui* nem ninguém mais.

— Ah, mas aconteceu — acenou o velho. — E o *homi vivi* bem aqui, na *cidadi*, agora.

— Quem é?

— *Num contu*, não. *Num* é *certu* não eu *contá* — o velho voltou a se endireitar. Em seus olhos azuis enevoados, ao olhar a casa, havia o orgulho honesto de empregado leal para a família que serviu e amou por longos anos.

— Mas não *pareci possíver*, ela ter um *amadu* — insistiu Nancy.

O velho Tom balançou a cabeça.

— *Ocê num* conheceu a srta. Polly *comu* eu — argumentou. — Ela era *muitu bunita,* e ainda seria se quisesse.

— *Bunita*, a srta. Polly?

— Sim, *si deixassi sorto aqueli cabelu puxadu*, bem natural *comu custumava deixá*, e *fazê* coques com buquezinhos neles, e aqueles tipos de vestidos cheios de renda e *coisarada* branca — ia *vê* ela bonita! A srta. Polly *num* é velha, não, Nancy.

— É não? Então, *sabi parecê veia* bem demais, *sabi* sim! — ironizou Nancy.

— Sim, eu sei. *Começô* naquela época: dos *problema cum u* seu *amadu* — acrescentou o velho Tom. — *Pareci* que *comi fel* e limão *desdi'ntão*; vive amarga e azeda.

— É, *tá c'oa* razão — concordou Nancy, indignada. — *Num* tem *comu* agradá-la, *num* importa *quant'eu* tente! Eu não ficaria aqui *si num fossi* o salário e as *pessoa* lá *di* casa com tanta precisão. Mas algum dia, algum dia vou *dispejar* tudo; e quando *fizé* isso, é claro que será tchau *pra* Nancy. *Qui* será, será.

O velho Tom balançou a cabeça.

— Eu sei, já senti isso. É natural, *ma num* é *meió*, *num* é o *meió*. *Credite ni mim* — e voltou a abaixar a cabeça para o serviço à frente.

— Nancy! — ouviu-se uma voz ríspida.

— *Si-sim, sinhora!* — gaguejou Nancy e correu para a casa.

CAPÍTULO 3
A CHEGADA DE POLLYANNA

NO DEVIDO TEMPO, chegou o telegrama anunciando que Pollyanna desembarcaria em Beldingsville no dia seguinte: 25 de junho, às quatro horas. A srta. Polly leu o telegrama, franziu a testa e subiu as escadas para o sótão. Ainda franzia a testa ao olhar em volta.

No quarto havia uma pequena cama bem arrumada, duas cadeiras de espaldar reto, um lavatório, uma cômoda sem espelho e uma mesa pequena. Não havia cortinas drapejadas nas janelas nem quadros nas paredes. O dia inteiro o sol esquentara o telhado, e o quartinho parecia um forno de tão quente. Por não haver telas, as janelas não tinham sido abertas. Uma mosca grande zunia furiosamente em uma delas, para cima e para baixo, tentando sair.

A srta. Polly matou a mosca, jogou-a pela janela (erguendo o caixilho), ajeitou uma cadeira, franziu a testa de novo e saiu do quarto.

— Nancy — disse ela minutos mais tarde, perto da porta da cozinha —, encontrei uma mosca lá em cima, no quarto da Pollyanna. A janela deve ter sido aberta em algum momento. Encomendei telas, mas até que cheguem espero que se assegure de que as janelas permaneçam fechadas. Minha sobrinha chega amanhã às quatro horas. Espero que vá encontrá-la na estação. O Timothy a levará de *buggy* aberto. O telegrama diz "cabelo claro, vestido xadrez vermelho de algodão e chapéu de palha". É tudo o que sei, mas acho que é suficiente para o propósito.

— Sim, *sinhora*, *mais* a *sinhora*...

A srta. Polly, evidentemente, interpretou a pausa de forma correta, pois respondeu ríspida, franzindo novamente a testa:

— Não, não vou. Não acho necessário. Isso é tudo — e deu as costas. Seus preparativos para o conforto da sobrinha, Pollyanna, estavam completos.

Na cozinha, Nancy arremeteu o ferro de passar no pano de prato.

— "*Cabelu claru, vistido* xadrez vermelho *di* algodão *i* chapéu de palha" é *tudu qui* ela *sabi*, com certeza! Eu ficaria *cum* vergonha, ficaria sim! Tem somente essa *subrinha* que vem lá da *Cumchinchina*!

Exatamente às vinte para as quatro da tarde seguinte, Timothy e Nancy partiram no *buggy* aberto para encontrar a visita esperada. Timothy era filho do velho Tom. Na cidade, dizia-se às vezes que, se o velho Tom era a mão direita da srta. Polly, Timothy era a esquerda.

Era um jovem agradável e tinha boa aparência. Mesmo com o pouco tempo de serviço de Nancy na casa, já fizera amizade com ela. Nesse dia, porém, Nancy estava muito concentrada em sua missão para tagarelar como sempre; em silêncio, dirigiu-se para a entrada da estação e se postou para esperar o trem.

Mentalmente, repetia: "cabelo claro, vestido xadrez vermelho de algodão e chapéu de palha". Não parava de se perguntar que tipo de criança seria Pollyanna.

— Para o bem dela, *esperu qui* seja calma *i* sensata *i* não *derrubi* faca nem bata as *porta* — suspirou ela para Timothy, caminhando em sua direção.

— Bem, *si* ela *num fô*, ninguém sabe o que será do resto *di* nós — sorriu ele. — Imagine a srta. Polly *c'uma* criança BARULHENTA! Opa! Lá vem o apito!

— Puxa, Timothy, *achu... achu* que foi malvadeza *mi mandá pra* cá — desembestou Nancy, de repente assustada, virando e se apressando para um lugar de onde poderia enxergar melhor os passageiros desembarcando na pequena estação.

Não demorou muito para vê-la — a menininha esguia em um vestido de algodão xadrez vermelho com duas tranças grossas loiras pendendo nas costas. Por baixo do chapéu de palha, um rosto sardento atento se virava para a direita a e esquerda, claramente procurando alguém.

Nancy reconheceu a criança de imediato, mas por algum tempo não conseguiu controlar o tremor nos joelhos para se aproximar. A pequenina esperava sozinha em pé quando Nancy finalmente se acercou.

— É a srta. Pollyanna? — gaguejou. No momento seguinte, foi quase que sufocada, enlaçada por dois braços vestidos de algodão.

— Estou tão contente, CONTENTE, CONTENTE de te ver — gritou uma voz ansiosa em seu ouvido. — É claro que sou a Pollyanna, e fico contente que veio me encontrar! Esperava que viesse!

— Esperava? — gaguejou Nancy, perguntando-se como Pollyanna poderia tê-la conhecido e esperado por ela. — *Mesmu*? — repetiu, tentando aprumar o chapéu.

— Ah, sim; e fiquei pensando o caminho inteiro como seria! — exclamou a garotinha dançando na ponta dos pés, observando Nancy, toda sem graça, dos pés à cabeça. — E agora eu sei, e fico contente por parecer quem parece ser.

Então, Nancy ficou aliviada por ver Timothy chegando. As palavras de Pollyanna a desconcertaram.

— Este é o Timothy. Talvez tenha uma mala — gaguejou ela.

— Tenho sim — acenou Pollyanna com importância. — Uma bem nova. A Liga das Senhoras comprou uma para mim — não foi legal da parte delas, já que queriam tanto um tapete! É claro que não sei quanto de tapete vermelho uma mala pode comprar, mas deve comprar uma parte, talvez metade de um corredor, não acha? Eu tenho uma coisinha aqui em minha bolsa que o sr. Gray disse ser um cheque e que eu devo lhe entregar antes de poder pegar a minha mala. O sr. Gray é o marido da sra. Gray. São primos da esposa do diácono Carr. Vim para o Leste com eles e eles são tão adoráveis! E... aqui está — finalizou ela, mostrando o cheque depois de remexer muito na bolsa que carregava.

Nancy respirou fundo. Instintivamente, sentiu que alguém deveria inspirar depois de falar tanto. Então, deu uma olhada rápida para Timothy, cujos olhos estavam fixos em outra direção.

CAPÍTULO 3

Finalmente, os três partiram, com a mala de Pollyanna na parte de trás e a menina confortavelmente acomodada entre Nancy e Timothy. Durante todo o processo de partida, a menina manteve uma torrente ininterrupta de comentários e perguntas, até que a atordoada Nancy ficou sem fôlego, tentando acompanhá-la.

— Olhem! Não é lindo? Fica longe? Espero que sim, adoro andar de carro — suspirou Pollyanna quando o carro se pôs a rodar. —É claro que se não for longe não vou me importar, pois ficarei contente por chegar lá mais rápido, sabem? Puxa, que rua bonita! Eu sabia que seria bonito, meu pai me contou...

Ela se interrompeu, com um engasgo. Nancy a observou com apreensão; viu seu queixo tremer e os olhos marejados; em um momento ela se controlou, levantando o queixo corajosamente.

— Papai me contou tudo a seu respeito. Ele lembrava. E, acho que eu deveria ter explicado antes, a sra. Gray me pediu que eu explicasse por que estou de vestido xadrez vermelho e não preto. Disse que achariam estranho. Mas na última barrica de doações não havia nada preto, apenas um corpete de veludo, que a esposa do diácono Carr disse que não era adequado para mim; além disso, estava cheio de partes brancas esgarçadas, sabe, nos cotovelos e em outros lugares. Parte da Liga das Senhoras queria comprar um vestido e chapéu pretos para mim, mas outra parte opinou que preferiam usar o dinheiro com o tapete vermelho que estão tentando comprar para a igreja. A sra. White comentou que talvez não fosse problema, pois de qualquer forma não gostava de crianças de preto. Quer dizer, ela gostava de crianças, é claro, mas não vestidas de preto.

Pollyanna parou para respirar e Nancy conseguiu gaguejar:

— Bom, acho que está tudo bem.

— Fico feliz que veja as coisas como eu — concordou Pollyanna, arfando novamente. — É claro que seria muito mais difícil ficar contente de preto...

— Contente?! — exclamou Nancy, surpresa.

— Sim, pelo papai ter ido para o céu para ficar com a mamãe e o restante de meus irmãos, sabe. Ele disse que eu deveria ficar contente. Mas tem sido muito difícil fazer isso, mesmo de vestido xadrez vermelho, preciso tanto dele, que não consigo deixar de sentir que eu DEVERIA ficar com ele, principalmente porque a mamãe e o restante têm Deus e todos os anjos, enquanto eu não tinha provavelmente ninguém além das Senhoras da Liga. Mas agora tenho certeza de que será mais fácil, pois tenho a senhora, tia Polly. Estou tão contente por tê-la!

De repente, a compaixão de Nancy pela pequena desamparada ao seu lado tornou-se horror.

— Ora, mas *cê* entendeu tudo errado, querida! — gaguejou ela. — Não sou a tia Polly, sou só a Nancy!

— N... NÃO É? — gaguejou a pequenina, consternada.— Não, sou apenas a Nancy, *num* podia *imaginá* que *mi* confundiu com ela — hesitou. — *Num somus* nada parecida, *somus*, não.

Timothy deu uma risadinha, mas Nancy estava perturbada demais para reagir ao brilho risonho de seus olhos.

— Mas quem É VOCÊ? — questionou Pollyanna. — Não parece nem um pouco com uma das Senhoras da Liga.

Timothy deu uma gargalhada.

— Sou a Nancy, a empregada. *Façu tod'u serviçu*, menos *lavá* e *passá* a *rôpa* grande; é a sra. Durgin que faz isso.

— Mas a tia Polly EXISTE, não é? — quis saber a menina ansiosa.

— Pode apostar que sim — intrometeu-se Timothy.

Pollyanna relaxou visivelmente.

— Bom, então está tudo bem. — Após um momento de silêncio, ela tornou, animada: — Sabe de uma coisa? Estou contente que ela não veio me buscar. Pois vou conhecê-la ainda e, além disso, tenho você.

Nancy ficou vermelha e Timothy virou-se para ela com um sorriso zombeteiro.

— Que elogio habilidoso, diria eu — comentou. — Por que não agradece à senhorita?

— Eu... *tava pensandu* na srta. Polly — gaguejou Nancy.

Pollyanna deu um suspiro satisfeito.

— Também pensava nela. Estou tão interessada, sabe? Ele é a única tia que tenho e durante muito tempo nem sabia que ela existia. Então, meu pai me contou. Disse que ela vivia em uma casa grande e bonita em cima de um morro.

— Verdade, *cê podi* vê-la agora — respondeu Nancy. — É aquela branca *i grandi* com as *veneziana verdi*, bem à frente.

CAPÍTULO 3

— Nossa, que linda! E há tantas árvores e grama ao redor! Nunca vi tanta grama junto. A minha tia Polly é rica, Nancy?

— Sim, senhorita.

— Estou tão contente. Deve ser tão bom ter muito dinheiro. Nunca conheci alguém que tivesse, apenas os Whites, que são meio que ricos. Têm tapetes em todos os cômodos e aos domingos tomam sorvete. Na tia Polly tem sorvete aos domingos?

Nancy balançou negativamente a cabeça, os lábios repuxando; ela trocou um olhar risonho com Timothy.

— Não, senhorita, sua tia *num* gosta *di* sorvete, acho eu. Pelo menos, nunca vi sorvete na mesa.

O rosto de Pollyanna entristeceu-se.

— Não gosta? Que pena! Não imagino como pode não gostar. Mas, de qualquer forma, posso me alegrar, pois se não se toma sorvete, seu estômago não deve doer como o da sra. White; mas eu tomava sorvete na casa dela, sabe? Muito sorvete. Talvez a tia Polly tenha tapetes...

— Tapetes ela tem sim.

— Em todos os cômodos?

— Bem, em quase todos — tornou Nancy, franzindo as sobrancelhas de repente, ao se lembrar do pequeno quarto no sótão onde não havia tapetes.

— Puxa, como estou contente! — exultou Pollyanna. — Adoro tapetes. Não tínhamos nenhum, apenas dois muito pequenos que vieram em uma barrica de missionários e um deles tinha manchas de tinta. A sra. White também tinha quadros, muito bonitos, com rosas e garotinhas de joelhos e um gatinho, cordeirinhos e um leão — não juntos, sabe, os cordeirinhos e o leão. É claro que a Bíblia diz que ficarão juntos um dia, mas não convivem ainda, não os da sra. White. Você gosta de quadros?

— Eu... eu não sei — respondeu Nancy, com a voz trêmula.

— Eu adoro. Não tínhamos nenhum quadro. Não é comum serem doados, sabe? Embora, uma vez, apareceram dois nas doações. Mas um era tão bom que meu pai vendeu para arrumar dinheiro e comprar sapatos para mim e o outro estava em estado tão ruim que se desfez assim que o penduramos. O vidro quebrou, entende? E eu chorei. Mas estou contente agora que não tivemos nenhumas dessas coisas bacanas, pois vou gostar ainda mais das coisas da tia Polly, por não estar acostumada com elas. É como aquelas fitas BONITAS de cabelo que vêm entre as doações, depois das muitas marrons, descoradas. Puxa! Mas não é mesmo uma casa tão bonita? — ela se interrompeu bruscamente ao virarem na larga entrada.

Enquanto Timothy descarregava a mala, Nancy teve a oportunidade de lhe cochichar ao ouvido:

— Nem ouse pensar em se demitir agora, Timothy Durgin. De minha parte, não sairia nem que me pagassem.

— Ir embora? Iria embora, não — sorriu o jovem. — Nem arrastado iria embora. Com essa garotinha por perto todos os dias, aqui vai *cê* mais *divertidu* que ir ao cinema!

— Divertido, divertido! — repetiu Nancy, indignada. — Acho que *num* será nada divertido para essa criança abençoada, quando as duas tentarem *vivê* juntas. Acho que vai *precisá* de alguém para *a* *defendê*. Bom, *se fô* assim, vou *sê* eu, com certeza! — prometeu ela, virando-se e conduzindo Pollyanna pela escadaria larga.

CAPÍTULO 4

O PEQUENO QUARTO NO SÓTÃO

A SRTA. POLLY HARRINGTON não se levantou para receber a sobrinha. É verdade que ergueu os olhos de seu livro quando Nancy e a garotinha apareceram na porta da sala e estendeu a mão friamente, como se cada dedo tivesse "dever" escrito nele.

— Como está, Pollyanna? Eu... — ela não teve chance de dizer mais nada, pois Pollyanna atravessou a sala correndo e se atirou no colo escandalizado e inflexível da tia.

— Ai, tia Polly, tia Polly, não sabe como estou contente por ter me deixado vir e morar com a senhora — soluçou. — Nem imagina como é bom tê-la, a Nancy e tudo isso depois de ter apenas a Liga das Senhoras.

— Eu acredito, embora não tenha tido o prazer de conhecer a Liga das Senhoras — foi a resposta seca da tia Polly, tentando se livrar dos pequenos dedos agarrados e virando o cenho franzido para Nancy à porta. — Nancy, não precisarei mais de você, pode ir. Você, Pollyanna, faça o favor de ficar em pé, de modo correto, nem tive tempo de vê-la bem.

Pollyanna retrocedeu de imediato, dando uma risadinha nervosa.

— Suponho que não, mas veja, não tenho nada especial para ser admirado, por causa das sardas. Ah, e devo explicar a respeito do vestido xadrez vermelho e do corpete de veludo preto com manchas brancas no ombro. Contei para a Nancy como o papai me disse...

— Está bem, não importa o que seu pai disse — interrompeu a srta. Polly bruscamente. — Imagino que tenha uma mala.

— Sim, de verdade, tenho sim uma mala bonita que a Liga das Senhoras me deu. Não tenho muita coisa nela de meu. Os barris ultimamente não vinham com muita roupa para meninas pequenas, mas havia todos os livros do meu pai, e a sra. White pensou que eu deveria ficar com eles. Sabe, o papai...

— Pollyanna — tornou a interromper a tia, ríspida —, há uma coisa que deve ser entendida agora, de imediato; é que eu não quero que fique falando de seu pai para mim.

Trêmula, a menina prendeu a respiração.

— Então, tia Polly, a senhora... quer dizer... — ela hesitou e a tia aproveitou para dizer:

— Vamos subir ao seu quarto. Sua mala já está lá, acredito eu. Disse ao Timothy para levá-la, se tivesse uma. Pode me seguir, Pollyanna.

Em silêncio, Pollyanna seguiu a tia. Seus olhos estavam cheios de lágrimas, mas o queixo se conservava corajosamente para cima.

— Afinal de contas, acho que estou contente que ela não queira que eu fale do papai — raciocinou a menina. — Talvez fique mais fácil, se eu não falar a respeito dele. É provável que seja por esse motivo que ela tenha me dito para não falar nele — e, convencida de novo da "bondade" da tia, ela enxugou as lágrimas e olhou com interesse ao seu redor.

Estava na escada agora. À frente, a saia preta de seda da tia farfalhava. Atrás, por uma porta aberta se viam tapetes claros e cadeiras cobertas de cetim. Embaixo dos pés, um magnífico tapete parecia musgo verde a ser percorrido. Dos lados, o dourado das molduras ou o brilho do sol atravessando a trama transparente das cortinas de renda lhe cegava os olhos.

— Puxa, tia Polly, tia Polly — sussurrou a menina extasiada —, que casa mais linda a sua! Como a senhora deve ser feliz por ser tão rica!

— Pollyanna! — revoltou-se a tia, virando-se bruscamente ao chegar ao topo da escada. — Estou surpresa por você fazer um comentário desses!

CAPÍTULO 4

— Por quê, tia Polly? A senhora não é feliz? — questionou sem entender.

— Certamente não, Pollyanna, espero jamais cair no pecado do orgulho, de algo que o Senhor tenha achado por bem me conceder — declarou a senhora — especialmente a RIQUEZA!

Então, a srta. Polly virou-se e seguiu pelo saguão em direção à porta que levava ao sótão. Estava feliz pela decisão de colocar a menina ali. Seu primeiro instinto foi afastar a sobrinha o máximo possível de si e, ao mesmo tempo, onde a negligência da criança não destruísse algo valioso. Agora, com o traço de vaidade tão aparente, seria melhor que o quarto que lhe fora destinado fosse simples e austero, pensou a srta. Polly.

Os passinhos ansiosos de Pollyanna tamborilavam atrás da tia. Ainda mais ansiosos, os grandes olhos azuis tentavam olhar para todas as direções ao mesmo tempo, para que nada belo ou interessante da maravilhosa casa lhe escapasse. Mais ansiosa ainda, sua mente voltou-se para o problema assombrosamente emocionante a solucionar: atrás de qual das fascinantes portas aguardaria o quarto belo, querido, cheio de cortinas, tapetes e quadros, que seria dela? Então, abruptamente, a tia abriu uma porta e subiu outra escada.

Havia pouco a se ver ali. Uma parede nua de cada lado, no topo da escada, vãos de espaço sombrios, aonde o telhado ia até quase o piso, e inúmeros baús e caixas se empilhavam. Era quente e abafado. Inconscientemente, Pollyanna ergueu ainda mais a cabeça, parecia tão difícil de respirar. Então, viu a tia escancarar uma porta à direita.

— Pronto, Pollyanna, este é o seu dormitório, e vejo que sua mala já está aqui. Você tem a chave?

Mecanicamente, Pollyanna acenou que sim com a cabeça, com os olhos arregalados e assustados.

A tia franziu a testa.

— Quando eu faço uma pergunta, Pollyanna, prefiro que responda em voz alta em vez de balançar a cabeça.

— Sim, tia Polly.

— Obrigada, assim está melhor. Acredito que tenha tudo de que precisa aqui — acrescentou, vendo o toalheiro cheio e um jarro com água.

— Vou mandar a Nancy subir para ajudá-la a desfazer a mala. O jantar é servido às seis horas — concluiu, saiu do quarto e desceu a escada.

Por um momento, após sua partida, Pollyanna continuou parada olhando naquela direção. Então, seus olhos grandes se voltaram para a parede, o piso e as janelas sem enfeites. Por fim, observou a maleta que há tão pouco tempo repousava em seu pequeno quarto na distante casa no Leste. No momento seguinte, ela dirigiu-se cegamente naquela direção e caiu de joelhos ao seu lado, cobrindo o rosto com as mãos.

Nancy a encontrou dessa forma quando chegou, alguns minutos depois.

— Ora, ora, pobre criancinha — sussurrou, ajoelhando e tomando a menina em seus braços. — Tinha medo disso mesmo, que te acharia assim, chorando.

Pollyanna sacudiu a cabeça.

— Mas sou má e perversa, Nancy, ruim demais — soluçou ela. — Não consigo entender por que Deus e os anjos precisavam mais de meu pai que eu.

— Eles *num* precisam tanto — declarou Nancy, convicta.

— NANCY! — exclamou Pollyanna, com o horror nos olhos substituindo as lágrimas.

Nancy deu um sorriso sem graça e esfregou os olhos com força.

— Tudo bem, querida, eu não disse por mal — respondeu rápido. — Venha, pegue a chave; vamos desfazer a mala e arrumar tudo rapidinho.

Ainda lacrimosa, Pollyanna pegou a chave.

— De qualquer forma, não há muita coisa aí — murmurou.

— Então, não vamos gastar muito tempo arrumando — afirmou Nancy.

Subitamente, Pollyanna deu um sorriso radiante.

— É isso! Posso me alegrar por isso, não posso? — perguntou.

Nancy olhou-a surpresa.

— A-acho que sim — respondeu incerta.

As mãos experientes de Nancy rapidamente desempacotaram os livros, a roupa íntima remendada e os poucos vestidos lamentáveis e sem graça. Sorrindo com coragem, Pollyanna corria para lá e para cá, pendurando os vestidos no armário, empilhando os livros sobre a mesa e guardando a roupa íntima nas gavetas da cômoda.

— Tenho certeza de que será um quarto supergostoso, não acha? — gaguejou ela.

CAPÍTULO 4

Não houve resposta. Nancy parecia muito ocupada, a cabeça baixa dentro da mala. Pollyanna, parada ao lado da escrivaninha, olhou com certa melancolia a parede nua ao lado.

— E posso me alegrar ainda por não ter espelho, pois já que NÃO TENHO espelho, não posso ver minhas sardas.

Nancy deixou escapar um som estranho com a boca, mas quando Pollyanna virou-se, sua cabeça estava de novo enfiada na mala. Minutos mais tarde, perto de uma das janelas, Pollyanna bateu palmas alegremente.

— Puxa, Nancy, eu não tinha visto antes! — exclamou ela. — Veja lá, aquelas árvores e casas, aquele lindo cume da igreja, o rio prateado e brilhando... Sabe, Nancy, ninguém precisa de quadro algum com uma vista dessas. Ora, estou muito feliz que ela me deixou ficar neste quarto!

Para a surpresa e o desânimo de Pollyanna, Nancy desandou a chorar, e ela apressou-se a consolá-la.

— Mas, Nancy, Nancy, o que aconteceu? — perguntou, receosa. — Este quarto não era SEU, era?

— Meu quarto? — revoltou-se Nancy, segurando as lágrimas. — *Si ocê num* é um anjinho lá *du* céu e se uma pessoa ruim não *começá* a *comê* terra... Ih!! É a sineta! Ela está *mi* chamando!

Depois desse discurso surpreendente, Nancy ergueu-se de um salto, correu para fora do quarto e desceu a escada, batendo os pés.

Sozinha no quarto, Pollyanna voltou-se para o "quadro", como chamou mentalmente a bonita vista da janela. Logo, experimentou tocar a janela. Parecia estar abafado demais para aguentar. Para sua alegria, a moldura moveu-se sob a pressão dos dedos. No momento seguinte, a janela estava escancarada, e Pollyanna debruçou-se para fora, aspirando o ar fresco.

Então, ela correu para a outra janela e a escancarou com os dedos ávidos. Uma mosca enorme passou perto de seu nariz, zunindo alto pelo quarto. Logo veio mais uma, e mais outra; mas Pollyanna não lhes deu atenção. Ela havia feito uma descoberta maravilhosa: perto da janela crescia uma árvore enorme com grandes galhos, que pareciam braços estendidos e convidativos. De repente, ela riu alto.

— Acho que eu consigo — rindo baixinho, subiu com agilidade no parapeito. De lá, foi fácil passar para o próximo galho. Então, qual uma macaquinha, de galho em galho, chegou ao mais baixo. A altura até o solo era, mesmo para alguém experiente como ela, um tanto quanto amedrontadora. No entanto, ela saltou, balançando os bracinhos fortes e aterrissando de quatro na grama fofa. Erguendo-se, olhou com avidez à sua volta.

Estava atrás da casa. À frente havia o jardim, no qual um homem idoso e inclinado trabalhava. Além do jardim, uma trilha cortava o campo aberto, subindo uma colina alta sobre a qual um pinheiro solitário montava guarda ao lado de uma rocha enorme. Para Pollyanna, naquele momento, havia apenas um lugar no mundo em que valia a pena estar: no topo daquela grande rocha.

Com uma breve corrida e uma curva hábil, a menina evitou o idoso curvado e enveredou entre as verdes fileiras ordenadas de plantas e, um pouco afobada, alcançou a trilha que cortava o campo aberto. Então, determinada, começou a subir. Entretanto, percebeu que o caminho à rocha seria longo. Quando visto da janela parecia tão perto!

Quinze minutos mais tarde, o grande relógio do saguão da casa dos Harrington bateu seis horas. Exatamente na última badalada Nancy soou o sino para o jantar.

Passaram-se um, dois, três minutos. A srta. Polly franziu a testa e bateu o pé. Balançando um pouco, ela se ergueu e foi até o saguão; olhou para cima visivelmente sem paciência. Por um minuto, ouviu atentamente; em seguida, virou-se e entrou na sala de jantar.

— Nancy — avisou, decidida, assim que a pequena empregada apareceu —, minha sobrinha está atrasada. Não, não precisa chamá-la — acrescentou, severa, assim que Nancy pareceu se mover para a porta do saguão. — Eu avisei o horário do jantar e agora ela terá de sofrer as consequências. Ela vai começar a aprender de imediato a ser pontual. Quando ela descer, pode comer pão e tomar leite na cozinha.

— Sim, senhora. — Talvez fosse bom que a srta. Polly não tivesse visto o rosto de Nancy naquele momento.

Na primeira ocasião possível depois do jantar, Nancy esgueirou-se escada acima até o quartinho no sótão.

— Pão e leite, com certeza! A pobrezinha *devi tê* adormecido de tanto *chorá* — resmungava, com raiva, ao abrir com cuidado a porta.

CAPÍTULO 4

No momento seguinte, ela deu um grito assustado. — Onde *cê tá*? Onde foi *pará*? Para onde foi? — arfou, olhando dentro do armário, embaixo da cama, na mala e até mesmo dentro do jarro. Então, voou escada abaixo e correu para fora, para o jardim, até o velho Tom.

— Seu Tom, seu Tom, aquela criança abençoada desapareceu! — gemeu ela. — Foi *pro* céu, que é *di ondi* ela veio, a pobrezinha — e me falaram para *dá pra* ela pão e leite na cozinha, *pra* ela, que tá comendo a comida *dus* anjos bem agora, te garanto, te garanto!

O velho endireitou-se.

— Desapareceu? Foi *pro* céu? — repetiu incrédulo, inconscientemente varrendo o fulgurante pôr do sol com o olhar. Depois, parou, olhou com atenção por um momento e voltou-se com um sorriso. — Bom, Nancy, *pareci qui* ela tentou *chegá* o mais *pertu* do céu que *pudia*, é verdade — concordou, apontando o dedo retorcido para onde se via de forma clara, contra o céu incandescente, uma figura esbelta ao vento, sobre uma rocha enorme.

— Bom, ela *num* vai *chegá* ao céu desse *jeitu* hoje, não *si* eu *pudé impedi* — declarou Nancy, obstinada. — Se a patroa *perguntá*, diz que *num esqueci dus* prato, não, mas fui dar uma volta — endireitando o ombro, apressou-se em direção à trilha que cortava o campo aberto.

CAPÍTULO 5

O JOGO

— **PELO AMOR DE DEUS,** srta. Pollyanna, que susto *cê* me pregou! — arfou Nancy, subindo apressada para a grande rocha, da qual Pollyanna acabara de escorregar, com pesar.

— Susto? Puxa, eu sinto muito, mas não deve nunca ficar assustada por mim, Nancy. Papai e as senhoras da Liga costumavam temer por mim também, até que descobriram que eu sempre volto bem.

— Mais eu nem sabia onde *cê* tinha ido — lamentou Nancy, enfiando a mão da menininha embaixo do braço e a apressando colina abaixo. — Não a vi saindo, ninguém viu. Achei que voou do telhado, achei sim.

Pollyanna saltitou de alegria.

— Foi isso que fiz, só que não voei para cima, mas para baixo. Eu desci pela árvore.

Nancy estacou.

— *Cê u* quê?

— Desci pela árvore, do lado da minha janela.

— Minha Nossa Senhora! — exclamou a incrédula Nancy, voltando a se apressar. — Queria *sabê u* que sua tia diria disso!

— Queria? Bom, eu vou lhe contar, então, para você descobrir — prometeu a garotinha alegremente.

CAPÍTULO 5

— Cruz-credo! — gemeu Nancy. — Não, não!

— Por quê? Você acha que ela iria se IMPORTAR? — questionou Pollyanna claramente perturbada.

— Não, quero dizer, sim, deixe *pra* lá. Não estou tão curiosa assim *pra sabê* o que ela diria — atrapalhou-se, determinada a evitar, pelo menos, mais uma bronca para Pollyanna. — Precisamos nos *apressá*. Tenho que *lavá* a louça, sabe?

— Vou te ajudar — prometeu Pollyanna imediatamente.

— Ora, srta. Pollyanna — objetou Nancy.

Por um momento, ficaram em silêncio. Escurecia rapidamente. Pollyanna apertou mais o braço amigo.

— Apesar de tudo, acho que estou contente que você TENHA se assustado um pouquinho, pois assim veio me buscar — estremeceu ela.

— Pobre menininha! E deve *tá* com fome também! Sinto muito, mas... acho que terá que *passá* a pão e leite comigo na cozinha. Sua tia *num gostô* de você *num tê* descido *pro* jantar, sabe?

— Mas eu não podia. Estava aqui!

— Sim, mas ela não sabia, entende? — observou Nancy contida, segurando uma risada. — Sinto muito pelo pão e leite, sinto mesmo!

— Mas eu não! Estou contente!

— Contente? Por quê?

— Porque gosto de pão e leite e gostaria de comer com você. Não vejo problema algum em ficar contente por causa disso.

— *Cê num vê* problema algum em *ficá* contente com tudo — rebateu Nancy, lembrando-se da menina tentando corajosamente gostar do quarto vazio no sótão.

Pollyanna riu baixinho.

— Bom, essa é a dificuldade do jogo.

— JOGO?

— Sim, o "jogo do contente".

— Do que, pelo amor de Deus, *cê tá* falando?

— Ora, é um jogo. Papai me ensinou e é legal — respondeu Pollyanna. — Sempre o jogávamos, desde quando eu era muito, muito pequena. Ensinei às senhoras da Liga e elas também jogavam, pelo menos algumas delas.

— E como é? Não sou boa em jogos, sou não.

Pollyanna tornou a rir, mas suspirou também; sob o luar seu rostinho miúdo se entristeceu.

— Bom, começamos quando recebemos muletas na barrica do missionário.

— MULETAS?

— Sim, eu queria muito uma boneca, e o papai escreveu contando; mas, quando a barrica chegou, a senhora escreveu que não havia chegado boneca alguma, mas sim muletas. Então ela as enviou, pois alguma criança poderia precisar algum dia. E foi assim que começamos.

— Bom, *num* consigo *vê* jogo nenhum nisso — declarou Nancy, quase irritada.

— Ah, sim, mas o jogo era encontrar em tudo algo que poderia nos deixar contentes, não importa o que fosse — completou Pollyanna, séria. — Começamos então com as muletas.

— Minha Nossa Senhora! *Num* consigo *pensá* nada *pra* ficar contente quando se ganha muletas e se espera uma boneca.

Pollyanna bateu palmas.

— Mas tem sim, tem sim! — exultou. — Eu também não consegui ficar contente na hora, Nancy — acrescentou ela, com honestidade. — Papai teve de me mostrar.

— Bem, então suponho que possa me *EXPLICÁ* — disse Nancy, quase ríspida.

— Ora, era só ficar contente por não PRECISAR delas! — explicou Pollyanna triunfante. — Viu como é fácil quando se sabe como fazer?

— Mas isso é coisa *di* louco — murmurou Nancy, olhando para Pollyanna quase com medo.

— Não é não, é maravilhoso — sustentou Pollyanna, entusiasmada. — E jogamos desde então. E quanto mais difícil é, mais legal fica; só que... só que às vezes fica quase impossível. Como quando seu pai vai para o céu e não sobra ninguém além das senhoras da Liga.

— Sim, ou quando *ti* colocam em um *quartinhozinho* lá no alto da casa, com nadica dentro dele — rosnou Nancy.

Pollyanna suspirou.

— Foi difícil no começo — admitiu —, especialmente quando eu estava sozinha. Eu não tinha vontade de jogar o jogo, e estava sonhando com coisas BONITAS. Então, lembrei o quanto detestava ver minhas sardas no espelho e vi aquela vista bonita pela janela também: assim eu soube que havia coisas com as quais podia me alegrar. Veja, quando procuramos coisas para nos deixar contentes, esquecemo-nos das outras, como a boneca que queríamos, entende?

— Hummm! — grunhiu Nancy, tentando engolir o nó na garganta.

— Normalmente, não leva muito tempo — suspirou Pollyanna — e muitas vezes nem penso, sabe? Acostumei-me a jogar. É um jogo legal. Papai e eu — gaguejou ela — costumávamos jogar bastante! Acho que agora ficará mais difícil, já que não tenho com quem jogar. Talvez a tia Polly jogue — acrescentou logo depois.

"Minha Nossa Senhora! ELA!", murmurou Nancy para si mesma.

Então, em voz alta, disse obstinada:

— Veja, srta. Pollyanna, não digo que vá *jogá* bem, nem *qui* sei como *jogá*, mas digo que vou *tentá*, ah isso vou! Vou *tentá*!

— Oh, Nancy! — exclamou Pollyanna, dando-lhe um abraço apertado. — Será maravilhoso. Vamos nos divertir, não vamos?

— Hum... talvez! — concordou Nancy, em dúvida. — Mas não *devi* contar muito comigo, pois *cê sabi*, nunca fui boa em jogos, mas vou *tentá*, desta vez vou *fazê* o máximo *pra tentá*. Terá *qui* ter mais alguém com quem *jogá* — concluiu ao entrarem na cozinha.

Pollyanna jantou pão e leite com bastante apetite; então, por sugestão de Nancy, foi até a sala de estar onde a tia estava lendo. Indiferente, a srta. Polly ergueu os olhos.

— Já jantou, Pollyanna?

— Sim, tia Polly.

— Sinto muito, Pollyanna, por já ter sido obrigada a te mandar para a cozinha para comer pão e tomar leite.

— Fiquei contente por ter me mandado para a cozinha, tia Polly. Eu gosto de pão e leite e da Nancy também. Não deve se sentir mal a esse respeito.

De repente, tia Polly ficou mais ereta na cadeira.

— Pollyanna, está mais que na hora de ir para a cama. Teve um dia difícil, e amanhã devemos planejar seu dia e ver suas roupas, para saber o que é preciso comprar para você. Nancy vai lhe dar uma vela. Tenha cuidado com ela. O café da manhã é às sete e meia. Espero que venha na hora. Boa noite.

Pollyanna chegou perto da tia e abraçou-a com carinho.

— Foi tudo tão bom até agora — suspirou contente. — Sei que vou adorar viver com a senhora, mas já sabia disso antes de vir. Boa noite — disse alegremente, correndo para fora da sala.

— Mas que coisa! — exclamou a srta. Polly, em meia-voz. — Que criança extraordinária! — então franziu a testa. — Ela "está contente" por eu tê-la punido e "eu não devo me sentir mal a respeito" e ela vai "adorar viver comigo"! Mas que coisa! — tornou a exclamar a srta. Polly, retomando a leitura.

Quinze minutos mais tarde, no quartinho do sótão, uma menininha solitária soluçava agarrada aos lençóis:

— Eu sei, papai, que está entre os anjos, não estou jogando o jogo nem um pouco agora, mas acho que nem você conseguiria achar algo para ficar contente ao dormir sozinho aqui em cima, no escuro. Se ao menos eu estivesse perto da Nancy, ou da tia Polly, ou até mesmo das senhoras da Liga, seria mais fácil!

Lá embaixo, na cozinha, Nancy apressava-se com a louça atrasada, raspando a jarra de leite com o pano de lavar louça e murmurando bruscamente:

— *Si jogá* aquele jogo sem graça, de ficar contente em ter muletas em vez de boneca, é *dá* apoio, eu vou *jogá*, sim, ah, se vou!

CAPÍTULO 6
UMA QUESTÃO DE DEVER

QUANDO POLLYANNA acordou naquele primeiro dia após sua chegada, já eram quase sete horas. Suas janelas davam para o Sul e o Oeste, então ela ainda não conseguia ver o sol, mas a névoa azul do céu matinal prometia um dia glorioso.

O quartinho estava mais frio, e o ar que penetrava era fresco e doce. Lá fora os pássaros piavam alegremente, e Pollyanna correu até a janela para falar com eles. Então, viu, lá embaixo, no jardim, que a tia já estava entre as roseiras. Apressou-se em ficar pronta para se juntar a ela.

Correndo escada abaixo, deixou ambas as portas escancaradas. Atravessou o saguão, o segundo lance de escadas e bateu a porta da frente, protegida por uma rede contra insetos, contornando o jardim correndo.

Tia Polly inclinava-se com o idoso sobre uma roseira quando Pollyanna, gorgolejando de prazer, jogou-se sobre ela.

— Oh, tia Polly, tia Polly, acho que estou contente esta manhã simplesmente por estar viva!

— Pollyanna! — protestou a senhora severa, aprumando-se o quanto lhe permitia o peso de quarenta quilos pendurado ao pescoço. — É essa sua forma costumeira de dizer bom-dia?

POLLYANNA

A garotinha ficou na ponta dos pés e saltitou com leveza, para cima e para baixo.

— Não, só quando eu amo tanto as pessoas que simplesmente não consigo me conter! Eu a vi da minha janela, tia Polly, e pensei que a senhora não ERA da Liga das Senhoras, era realmente a minha tia de verdade; e a senhora pareceu-me ser tão boa! Eu simplesmente tinha de descer e abraçá-la.

O idoso inclinado virou de costas de repente. A srta. Polly tentou ficar severa, mas não teve o sucesso costumeiro.

— Pollyanna, você ...eu..., Thomas... por hoje basta, acho que entendeu... sobre aquelas roseiras — disse ela, rígida. Então virou-se, afastando-se rapidamente.

— O senhor sempre trabalha no jardim? Senhor.... senhor... — perguntou Pollyanna, com interesse.

O homem virou-se, os lábios quase sorrindo, mas seus olhos pareciam embaçados, como se tivessem lágrimas.

— Sim, senhorita. Eu sou o velho Tom, o jardineiro — respondeu. Tímido, como se uma força irresistível o impelisse, esticou uma mão trêmula e tocou por um momento seu brilhoso cabelo loiro. — *Cê se pareci tantu* com sua mãe, pequena senhorita! Eu *cunhecia* ela *quandu* era ainda *mais pequena* que a senhorita. Eu já *trabaiava nu* jardim naquela época.

Pollyanna prendeu a respiração.

— É mesmo? E a conheceu mesmo quando ela era como um anjinho de pequena, não como um do céu? Oh, por favor, conte-me sobre ela! — e jogou-se sentada no meio da trilha suja, ao lado do velho jardineiro.

Uma sineta tocou de dentro da casa. No instante seguinte, Nancy veio correndo da porta traseira.

— Srta. Pollyanna, aquele sino *qué dizê* café da manhã — resfolegou, puxando a menininha para ficar em pé e a empurrando em direção à casa — e, nas outras vezes, *qué dizê* outras refeições. Mas ele sempre *qué dizê qui* tem que *corrê pra* lá, *num importa* onde *tá*. Se não se apressar, bom, *cê* vai *vê* que não ficará NADA contente si *num estivé* lá! — concluiu ela, empurrando Pollyanna para dentro da casa, como se empurra uma galinha desobediente para dentro da gaiola.

O café da manhã, durante os primeiros cinco minutos, foi silencioso; então, tia Polly, cujos olhos de desaprovação seguiam as asas de duas moscas cruzando o ar acima da mesa, disse de maneira severa:

CAPÍTULO 6

— Nancy, de onde vieram aquelas moscas?

— Sei não, *sinhora*. *Num* havia nenhuma na cozinha — Nancy estivera muito agitada para notar as janelas escancaradas de Pollyanna na tarde anterior.

— Acho que podem ser minhas, tia Polly — observou Pollyanna, amável. — Havia muitas delas se divertindo lá em cima hoje pela manhã.

Nancy saiu da sala às pressas, embora para fazê-lo teve de sair com os *muffins* quentes que acabara de trazer.

— Suas! — arfou a srta. Polly. — O que quer dizer? De onde elas vieram?

— Ora, tia Polly, elas vieram de fora, é claro, pelas janelas. Eu vi algumas delas entrando.

— Você viu? Quer dizer que ergueu aquelas janelas sem nenhuma tela?

— Ergui, sim. Não havia nenhuma tela lá, tia Polly.

Naquele momento, Nancy tornou a entrar com os *muffins*. Seu rosto estava sério, mas muito vermelho.

— Nancy — sua patroa dirigiu-lhe a palavra, ríspida —, pode colocar os *muffins* aqui e ir imediatamente até o quarto da srta. Pollyanna fechar as janelas. Feche as portas também. Depois, quando acabar as tarefas da manhã, passe em cada quarto com o borrifador. Faça uma busca cuidadosa.

Para a sobrinha, ela disse:

— Pollyanna, eu encomendei telas para aquelas janelas. É claro que eu sabia que era meu dever fazer isso. Mas me parece que você esqueceu totalmente o SEU dever.

— Meu... dever? — os olhos de Pollyanna estavam arregalados de surpresa.

— Certamente sei que está quente, mas considero seu dever manter suas janelas fechadas até que as telas cheguem. As moscas, Pollyanna, não são apenas sujas e incomodam, são perigosas para a saúde. Após o café da manhã vou lhe dar um folhetinho a esse respeito para ler.

— Para ler? Ora, muito grata, tia Polly! Eu adoro ler!

A srta. Polly inspirou ruidosamente e apertou os lábios com força. Pollyanna, ao ver seu rosto severo, enrugou um pouco a testa, pensativa.

— É claro que sinto muito por ter esquecido meu dever, tia Polly — desculpou-se timidamente. — Não vou erguer mais as vidraças.

A tia não respondeu. De fato, ela não tornou a falar até o fim da refeição. Então ergueu-se, foi até a estante na sala de visitas, tirou um pequeno livreto de papel e atravessou a sala para perto da sobrinha.

— É este o artigo do qual lhe falei, Pollyanna. Quero que vá para seu quarto agora mesmo e o leia. Vou subir daqui a meia hora para dar uma olhada em suas coisas.

Com os olhos fixos na ilustração da cabeça da mosca, muitas vezes ampliada, Pollyanna exclamou alegremente:

— Muito grata, tia Polly! — saltitando em seguida para fora da sala, bateu a porta atrás de si.

A srta. Polly ficou carrancuda, hesitou, então cruzou a sala majestosamente e abriu a porta; mas Pollyanna já desaparecera de vista, batendo os pés na escada para o sótão.

Meia hora mais tarde, quando a srta. Polly, com severa expressão de dever no rosto, subiu aqueles degraus e entrou no quarto de Pollyanna, foi recebida com uma explosão de entusiasmo.

— Oh, tia Polly, nunca vi nada tão perfeitamente legal e interessante em minha vida. Estou tão contente que me deu este livro para ler! Nunca imaginei que as moscas pudessem carregar tantas coisas em suas patas e...

— Chega — observou tia Polly, com dignidade. — Pollyanna, pode me trazer suas roupas agora, para eu dar uma olhada nelas. O que não lhe servir darei aos Sullivan, é claro.

Com visível relutância, Pollyanna deixou de lado o panfleto e se virou para o guarda-roupa.

— Tenho receio de que as considerará piores do que aquilo que as senhoras da Liga achavam — e elas disseram que eram VERGONHOSAS — suspirou. — Mas nas últimas duas ou três barricas a maioria das roupas era para meninos e gente mais velha e... a senhora alguma vez já recebeu uma barrica de missionários, tia Polly?

Vendo a expressão de raiva e choque, Pollyanna corrigiu-se de imediato.

— Quero dizer, é claro que não, tia Polly! — apressou-se a completar, corando. — Esqueci que pessoas ricas jamais precisam delas.

CAPÍTULO 6

Mas veja, às vezes eu meio que esqueço que é rica — aqui em cima, neste quarto.

Indignada, a srta. Polly entreabriu os lábios, mas não disse nada. Claramente sem perceber que dissera algo, no mínimo, desagradável, Pollyanna continuou apressada.

— Bom, como estava dizendo, nunca se sabe nada a respeito de barricas de missionário, exceto que não encontrará nelas o que acha que encontrará, mesmo sabendo isso de antemão. Era também com as barricas que era mais difícil jogar o jogo, para o papai e...

Bem em tempo, Pollyanna lembrou que não deveria falar a respeito do pai para a tia. Então, enfiou-se rapidamente no armário e tirou todos os pobres vestidos.

— Eles não são bons — soluçou ela — e seriam pretos se não fosse pelo tapete vermelho para a igreja; mas são tudo o que tenho.

Com a ponta dos dedos, a srta. Polly foi virando a pilha de roupas, obviamente feitas para alguém outro que não Pollyanna. Em seguida, sisuda, voltou a atenção para a remendada roupa de baixo nas gavetas da cômoda.

— As melhores estão em mim — confessou Pollyanna, ansiosa. — As senhoras da Liga me compraram um conjunto completo. A sra. Jones, a presidente, disse-lhes que eu deveria ter um conjunto novo, mesmo que tivessem de bater com os saltos dos sapatos pelos corredores sem tapetes pelo restante de seus dias. Mas isso não acontecerá. O sr. White não gosta do barulho. Fica nervoso, diz a esposa. Mas ele tem dinheiro e elas esperam que ele doe uma quantia bem razoável para a compra do tapete, por causa dos nervos dele. Acho que ele deveria ficar contente que, mesmo nervoso, ainda tem dinheiro; não deveria?

A srta. Polly pareceu não escutar. Terminada a verificação da roupa íntima, ela voltou-se para Pollyanna um tanto rápido.

— É claro que frequentou a escola, Pollyanna, não é?

— Ah, sim, tia Polly. Além disso, pap... quero dizer, também me deram um pouco de aulas em casa.

A srta. Polly ficou carrancuda.

— Muito bem. No outono será matriculada na escola daqui, é claro. O sr. Hall, o diretor, com certeza estabelecerá qual série frequentará. Enquanto isso, suponho que deverei ouvi-la ler em voz alta durante meia hora todos os dias.

— Adoro ler. Mas se não quiser me ouvir, ficarei feliz em ler para mim mesma, de verdade, tia Polly. E tampouco teria de tentar ficar contente, pois o que mais gosto é de ler para mim mesma, por causa das palavras compridas, sabe?

— Não duvido — replicou a srta. Polly, secamente. — Você estudou música?

— Um pouco. Não gosto de me ouvir tocando, somente gosto de ouvir os outros. Aprendi a tocar um pouco de piano. A srta. Gray toca na igreja e me ensinou. Mas eu preferiria não ter aprendido, tia Polly, de verdade.

— Eu acredito — observou tia Polly, erguendo ligeiramente as sobrancelhas. — Entretanto, considero meu dever supervisionar para que tenha instrução apropriada pelo menos nos rudimentos da música. Você costura, é claro.

— Sim, senhora — suspirou Pollyanna. — As senhoras da Liga me ensinaram. Mas foi difícil. A sra. Jones segurava a agulha de modo diferente das outras para casear, e a sra. White queria ensinar a pespontar antes de debruar (ou talvez fosse o contrário). Já para a sra. Harriman não era preciso remendar, daí não precisava ensinar isso nunca.

— Bom, não terá mais dificuldades desse tipo, Pollyanna. Vou ensiná-la a costurar eu mesma, é claro. Suponho que não saiba cozinhar.

Pollyanna riu de repente.

— Estavam começando a me ensinar neste verão, mas aprendi pouco. Elas tinham mais diferenças na forma de cozinhar do que na de costurar. Pretendiam começar com um pão, mas não havia duas que o preparassem do mesmo jeito. Então, depois de muita discussão em uma reunião de costura, decidiram alternar-se uma manhã por semana, em suas próprias cozinhas, sabe? Só aprendi a fazer bolo de chocolate e torta de figos e aí... tive de parar — sua voz tremeu.

— Bolo de chocolate e torta de figos... com certeza! — ironizou. — Acho que podemos acertar isso bem rápido. — Parou por um minuto, depois disse devagar: — Às nove horas, todas as manhãs, você lerá em voz alta para mim, por meia hora. Antes disso, arrumará seu quarto. Nas manhãs de quartas-feiras e sábados, depois das nove e meia, ficará com a Nancy, na cozinha, aprendendo a cozinhar. Nas outras manhãs, costurará comigo. Isso deixará suas tardes livres para a música.

CAPÍTULO 6

É claro que procurarei imediatamente um professor para você — concluiu decidida, erguendo-se da cadeira.

— Mas tia Polly, tia Polly — exclamou Pollyanna desanimada. — Você não me deixou tempo algum para... para VIVER.

— Para viver, criança! O que quer dizer? Como se não vivesse o tempo todo!

— Ora, é claro que estarei RESPIRANDO o tempo todo em que fizer essas coisas, tia Polly, mas não estarei vivendo. A gente respira o tempo inteiro que dorme, mas não vivemos. Digo "viver" para fazer as coisas que quero: brincar lá fora, ler (para mim mesma, é claro), subir em pedras, conversar com o sr. Tom no jardim e a Nancy e descobrir tudo a respeito das casas e pessoas e tudo em todos os lugares daquelas ruas maravilhosas que atravessei ontem. É isso que eu chamo de viver, tia Polly. Só respirar não basta.

A srta. Polly ergueu a cabeça de forma irritada.

— Pollyanna, você é EXTRAORDINÁRIA! Terá tempo suficiente para brincar, é claro. Mas, com certeza, parece-me que, se estou disposta a cumprir o MEU dever e providenciar que receba cuidados e educação apropriados, VOCÊ tem de estar disposta a cumprir o SEU, ou seja, esforçar-se para que todo cuidado e educação não sejam desperdiçados.

— Ora, tia Polly — respondeu a menina, chocada —, como se eu algum dia pudesse ser ingrata com a SENHORA! Eu A AMO, afinal, a senhora não é uma senhora da Liga, é minha tia!

— Muito bem, então não esqueça e não pareça ingrata — respondeu a tia, condescendendo, a caminho da porta.

Estava descendo no meio da escada quando uma vozinha trêmula a chamou:

— Por favor, tia Polly, a senhora não me disse quais das minhas coisas irá doar.

A srta. Polly suspirou cansada — um suspiro que chegou aos ouvidos de Pollyanna.

— Esqueci de te dizer, Pollyanna. Timothy vai nos levar de carro até a cidade à uma e meia. Nenhuma de suas roupas é adequada para uma sobrinha minha usar. Certamente eu estaria muito longe de cumprir meu dever se a deixasse sair com qualquer uma delas.

Agora foi Pollyanna quem suspirou; quase que já odiava aquela palavra: dever.

— Tia Polly, por favor — continuou ela, implorando —, não existe ALGUM jeito de a senhora ficar contente com toda essa história de... dever?

— Como? — a srta. Polly ergueu um olhar surpreso e confuso e, com as bochechas muito coradas, voltou-se e desceu, raivosa, a escada. — Não seja impertinente, Pollyanna!

No quartinho abafado do sótão, Pollyanna atirou-se em uma das cadeiras de espaldar reto. Para ela, a existência à frente pareceu um círculo infindável de dever.

— Não vejo nada de impertinente no que eu disse — suspirou. — Apenas perguntei se poderia me dizer algo para ficar contente em relação a todo aquele negócio de dever.

Por alguns segundos, Pollyanna continuou sentada em silêncio, os olhos tristes fixos no monte abandonado de roupas sobre a cama. Então, devagar, ergueu-se e começou a arrumar os vestidos.

— Dá para ver que não há nada para ficar contente com tudo isso — disse em voz alta — a menos que... posso ficar contente quando cumprir o dever — de repente, ela riu com essa ideia.

CAPÍTULO 7
POLLYANNA E OS CASTIGOS

À UMA E MEIA, Timothy levou a srta. Polly e a sobrinha, de carro, a quatro ou cinco lojas principais, que ficavam a cerca de oitocentos metros da residência.

Providenciar roupas novas para Pollyanna provou ser uma experiência emocionante para todos os envolvidos. A srta. Polly saiu da experiência se sentindo mole e relaxada, como alguém voltando a caminhar em solo firme depois de um passeio perigoso sobre a margem estreita de um vulcão. Os vários atendentes que as ajudaram acabaram com o rosto corado e muitas histórias divertidas deixaram os amigos às gargalhadas pelo restante da semana. E a própria Pollyanna saiu de todo o processo com um sorriso radiante e o coração satisfeito, como ela mesma disse a um dos funcionários:

— Quando você nunca teve nada, além das barricas de missionário e as senhoras da Liga para te vestirem, é MARAVILHOSO entrar e comprar roupas totalmente novas e que não precisam ser encurtadas ou terem a barra solta por não servirem!

A expedição às compras consumiu a tarde inteira; então chegou a hora do jantar e, depois, uma conversa encantadora com o velho Tom no jardim e outra com Nancy na varanda de trás, após os pratos terem sido lavados, enquanto tia Polly fazia uma visita a uma vizinha.

O velho Tom contou a Pollyanna coisas maravilhosas sobre sua mãe, o que a deixou muito feliz; e Nancy lhe falou a respeito do pequeno sítio a cerca de dez quilômetros de distância dali, nos "The Corners", onde viviam sua querida mãe e seus igualmente queridos irmãos e irmãs. Ela prometeu também que um dia, se a srta. Polly permitisse, levaria Pollyanna para conhecê-los.

— E eles têm NOMES bonitos também. Irá adorá-los — suspirou Nancy. — Há o "Algernon" e a "Florabelle" e a "Estelle". Eu só... odeio "Nancy"!

— Ora, Nancy, que coisa horrível de se dizer. Por quê?

— Por não ser tão bonito como os dos outros. Fui o primeiro bebê, sabe, e a mamãe ainda não tinha lido tantas histórias com nomes bonitos.

— Mas eu adoro "Nancy" somente por ser seu — declarou Pollyanna.

— Humm. Bom, acho que você também gostaria de "Clarissa Mabelle" — rebateu Nancy — e eu ficaria muito mais contente. Acho AQUELE nome simplesmente demais!

Pollyanna riu.

— Bom, pelo menos — riu ela —, pode se contentar por não se chamar "Hiphzibah".

— "Hiphzibahh"?

— Sim, é o nome da sra. White. Seu marido a chama de Hip, e ela não gosta disso. Ela diz que, quando ele a chama de "Hip-Hip", pensa que no minuto seguinte irá gritar "Hurra"! E ela não gosta que gritem seu nome.

O rosto triste de Nancy relaxou em um largo sorriso.

— Bom, acho que você conseguiu! *Sabi*, agora toda vez que eu *ouví* "Nancy", vou *lembrá* do "Hip–Hip" e *dá* risada! Puxa, acho que estou CONTENTE! — ela interrompeu-se e voltou os olhos surpresos para a garotinha. — Nossa, Pollyanna, quero dizer... então era o JOGO, essa coisa *d'eu ficá* contente por meu nome não ser Hiphzibahh?

Pollyanna franziu a testa e sorriu.

— Acho que sim! Eu ESTAVA jogando, mas fiz isso sem pensar, acho. Sabe, eu faço isso TANTAS VEZES que me acostumei: procurar

CAPÍTULO 7

algo com o que ficar contente. Geralmente, sempre existe alguma coisa para nos alegrar, desde que procuremos pelo tempo suficiente.

— Bem, pode ser... — afirmou Nancy, em franca dúvida.

Às oito e meia, Pollyanna subiu para ir para a cama. As telas ainda não tinham chegado, e o quartinho apertado parecia um forno. Seus olhos tristes observaram as duas janelas trancadas, mas ela não ergueu as vidraças. Despiu-se, dobrou as roupas com cuidado, orou, assoprou a vela e subiu na cama.

Quanto tempo rolou na caminha quente, em angústia insone, ela não soube, mas lhe pareceram horas até finalmente escorregar da cama, tatear o caminho pelo quarto e abrir a porta.

Fora, no sótão, havia uma escuridão aveludada, a não ser onde a lua projetava uma trilha prateada até a metade do assoalho, da claraboia a Leste. Resoluta, ignorando a temível escuridão à direita e à esquerda, Pollyanna exalou um suspiro rápido e seguiu o caminho prateado direto até a janela.

Sentia uma vaga esperança de que a janela tivesse uma tela, mas não tinha. Fora, porém, existia um mundo enorme de beleza encantada; sabia ainda que havia ar fresco que seria tão bom para as bochechas e mãos quentes!

Ao se aproximar, espiou sonhadora para fora e viu algo mais: um pouco abaixo da janela havia um telhado largo e plano de estanho do solário da tia Polly construído sobre o pórtico. Aquilo aguçou sua vontade. Quem dera, agora, ficar lá fora!

Temerosa, olhou para trás. Lá, em algum lugar, estava seu quartinho abafado e a cama ainda mais quente; mas entre ela e eles espalhava-se o terrível deserto da escuridão por meio do qual seria preciso tatear o caminho com as mãos esticadas e trêmulas; à frente, lá fora, sobre o teto do solário, havia o luar e o ar doce e fresco.

Se ao menos a cama dela estivesse lá fora! Pessoas dormiam fora de casa. Joel Hartley, em sua casa, estava tão doente, com tuberculose, que TINHA de dormir fora.

De repente, Pollyanna lembrou ter visto perto da janela do sótão uma fileira de longos sacos brancos pendurados em pregos. Nancy disse que continham roupas de inverno, guardadas durante o verão. Um pouco temerosa, tateou o caminho até eles, escolheu um bem macio (continha o casaco de pele de foca da tia Polly) para servir de cama, um mais fino, para dobrar como travesseiro, e outro ainda (tão fininho, que parecia quase vazio) para se cobrir. Assim equipada, esfuziante de alegria, voltou à janela enluarada, ergueu a vidraça, empurrou sua carga pelo vão telhado abaixo e passou ela mesma, fechando a janela com cuidado atrás de si; ela não esquecera aquelas moscas com os pés maravilhosos que carregavam coisas.

Que frescor delicioso! Pollyanna chegou a dançar de prazer, inalando golfadas profundas de ar refrescante. O telhado fino de zinco embaixo dos pés emitiu pequenos estalos retumbantes que lhe agradaram. Chegou a percorrer o telhado inteiro duas a três vezes, o espaço arejado lhe proporcionou muito prazer depois de permanecer naquele quartinho abafado. O telhado era tão largo e plano que não sentiu medo de cair. Finalmente, com um suspiro de contentamento, enrolou-se sobre o colchão de casaco de pele de foca, usando um saco de travesseiro e o outro de lençol, e acomodou-se para dormir.

— Estou tão contente agora que as telas não chegaram — murmurou, piscando para as estrelas —, se não eu não teria isto!

Embaixo, no quarto da srta. Polly, ao lado do solário, a própria senhorita vestiu às pressas o roupão e calçou os chinelos. Tinha o rosto pálido e assustado. Há um minuto, com voz trêmula, telefonara para Timothy.

— Venham rápido, você e seu pai! Tragam lanternas. Há alguém no telhado do solário. Deve ter subido pela treliça das rosas ou de outro modo e, é claro, pode entrar na casa pela janela a Leste, no sótão. Eu tranquei a porta para o sótão, aqui embaixo; mas rápido, apressem-se!

Algum tempo mais tarde, Pollyanna, quase adormecida, foi surpreendida pelo brilho de uma lanterna e um trio de exclamações surpresas. Ela abriu os olhos para ver Timothy no topo de uma escada, com o velho Tom ao seu lado, saindo pela janela, e a tia espiando por trás dele.

— Pollyanna, o que significa isso? — gritou a tia Polly.

Pollyanna piscou os olhos sonolentos e sentou-se.

— Ora, sr. Tom, tia Polly! — gaguejou. — Não fiquem tão assustados! Não que eu esteja tuberculosa, sabem, como o Joel Hartley. Mas eu estava com tanto calor lá dentro! Fechei a janela, tia Polly, assim as moscas não vão carregar para dentro aquelas coisas tipo germes.

CAPÍTULO 7

Timothy apressou-se a descer a escada. O velho Tom, quase tão rápido, passou a lanterna para a srta. Polly e seguiu o filho. A srta. Polly mordeu o lábio com força, até os homens irem embora. Então disse de maneira severa:

— Pollyanna, passe essas coisas para mim imediatamente e venha aqui. Mas que criança extraordinária! — exclamou, um pouco mais tarde, com Pollyanna ao seu lado e a lanterna na mão, de volta ao sótão.

Para Pollyanna, o ar parecia ainda mais abafado depois da brisa refrescante lá fora; mas ela não reclamou. A srta. Polly falou de forma ríspida:

— O resto da noite, Pollyanna, você dormirá comigo, em minha cama. As telas chegam amanhã, mas até lá eu considero meu dever mantê-la onde eu saiba onde está.

Pollyanna prendeu a respiração.

— Com a senhora, em sua cama? — perguntou ansiosa. — Oh, tia Polly, tia Polly, que maravilhoso! Eu queria tanto dormir com alguém algum dia, alguém que fosse meu, sabe, não uma senhora da Liga. Já ESTIVE com elas. Agora acho que estou contente que as telas não tenham chegado. A senhora não ficaria?

Não ouve resposta. A srta. Polly seguiu à frente. Para dizer a verdade, ela sentia-se curiosamente impotente. Pela terceira vez desde sua chegada ela a punia e pela terceira vez era confrontada com o fato surpreendente de que seu castigo era encarado como uma recompensa especial. Não era de se admirar que a srta. Polly se sentisse curiosamente desamparada.

CAPÍTULO 8
POLLYANNA VISITA A SRA. SNOW

LOGO A VIDA na propriedade Harrington acomodou-se em determinada ordem, embora não exatamente a que a srta. Polly teria imaginado. Pollyanna realmente costurava, tocava piano, lia em voz alta e aprendia a cozinhar, é verdade! Contudo, ela não dedicava tanto tempo a nenhuma dessas coisas quanto fora planejado no início. Tinha também mais tempo para "viver apenas", como Pollyanna se expressara, pois quase todas as tardes, das duas às seis, pertenciam a ela, para fazer o que bem entendesse, com exceção de certas coisas que tia Polly já a havia proibido.

Não estava claro se todo aquele tempo de descanso era dado para a menina como forma de alívio do trabalho ou para aliviar tia Polly de Pollyanna. Certamente, à medida que aqueles primeiros dias de julho passavam, a srta. Polly teve muitas ocasiões para exclamar: "Que criança extraordinária!", e certamente ao fim das aulas de leitura e costura ficava atordoada e completamente exausta.

Nancy, na cozinha, tinha mais sorte. Não se sentia nem atordoada, nem exausta. Na verdade, as quartas e sábados transformaram-se em feriados para ela.

CAPÍTULO 8

Não havia crianças nas proximidades da propriedade Harrington para Pollyanna brincar. A casa ficava nos subúrbios da vila e, embora houvesse outras casas por perto, não havia meninos ou meninas com idade próxima à de Pollyanna. Isso, porém, não parecia perturbá-la nem um pouco.

— Ah, não, não me incomodo de maneira alguma — explicou para Nancy. — Fico contente em apenas passear por aí, olhar as ruas e as casas e também observar as pessoas. Adoro pessoas. Você não gosta, Nancy?

— Bem, não posso dizer que eu adore todas — retorquiu Nancy, venenosa.

Em quase todas as tardes agradáveis Pollyanna implorava por "alguma tarefa", a fim de poder sair para um passeio em uma ou outra direção. E foi durante esses passeios que ela encontrou o Homem. Para si mesma, Pollyanna sempre o chamava de "o Homem", não importando se tivesse encontrado uma dúzia de outros homens no mesmo dia.

Frequentemente ele vestia um casaco preto comprido e um chapéu alto de seda... duas coisas que os homens comuns nunca usavam. Seu rosto estava barbeado e um tanto pálido; o cabelo, que se mostrava por debaixo do chapéu, era um pouco grisalho. Andava ereto, muito rápido, e estava sempre sozinho, o que fez Pollyanna sentir uma vaga pena dele. Talvez tivesse sido por essa razão que, um dia, ela falou com ele.

— Como vai, senhor? Está fazendo um dia bonito hoje, não acha? — ela interpelou-o alegremente, enquanto se aproximava.

O homem correu rapidamente os olhos ao seu redor e, então, parou, incerto.

— Você falou... comigo? — perguntou asperamente.

— Sim, senhor — alegrou-se Pollyanna —, estou dizendo que o dia está lindo, não está?

— Ah? Oh! Hum... — grunhiu ele, retomando a marcha.

Pollyanna riu. "É um homem tão engraçado", pensou.

No dia seguinte, ela o viu novamente.

— Hoje não está tão bom quanto ontem, mas ainda assim está bastante bom — cumprimentou-o com alegria.

— Ein? Oh! Hum... — grunhiu o homem como anteriormente e, uma vez mais, Pollyanna riu feliz.

POLLYANNA

Quando a menina abordou-o pela terceira vez da mesma forma, o homem parou abruptamente.

— Olha, filha, quem é você e por que fala comigo todos os dias?

— Sou Pollyanna Whittier e pensei que o senhor parecia solitário. Estou tão contente que tenha parado. Agora estamos apresentados. Mas ainda não sei o seu nome.

— Bem, mas que... — sem terminar a frase, voltou a marchar ainda mais rápido do que antes.

Pollyanna seguiu-o com os olhos; os lábios, geralmente sorridentes, estavam marcados pelo desapontamento.

— Pode ser que ele não tenha me entendido. A apresentação foi incompleta. Ainda não sei o nome DELE — murmurou, prosseguindo seu caminho.

Naquele dia, Pollyanna levava mocotó para a senhora Snow. Uma vez por semana, a srta. Polly mandava algo para a senhora Snow. Dizia que julgava ser seu dever, já que a sra. Snow era pobre, doente e membro de sua igreja, assim como era o dever de toda a congregação da igreja cuidar dela, é claro. Geralmente, a srta. Polly cumpria o seu dever para com a sra. Snow nas tardes de quinta-feira, não pessoalmente, mas por intermédio da Nancy. A menina havia implorado pelo privilégio de executar a tarefa, e Nancy prontamente atendeu-a, depois de pedir permissão para a srta. Polly.

— Estou contente de ter me livrado — declarou Nancy para Pollyanna quando estavam sozinhas, mais tarde —, embora seja uma vergonha que eu *impurre* esse trabalho *pra* você, minha ovelhinha. Ah, se não é uma vergonha!

— Mas eu adoro ir lá, Nancy.

— Vamos ver se vai adorar depois de ter ido uma vez — preveniu Nancy, azeda.

— Por quê?

— Porque ninguém gosta. Se as pessoas *num sentissi* pena dela, não haveria *viv'alma* que se *aproximassi* dela durante o dia inteiro, porque ela é muito rabugenta. De verdade, sinto pena da filha, que tem de tomar conta dessa mãe.

— Mas por quê, Nancy?

Nancy encolheu os ombros.

CAPÍTULO 8

— Bem, *pra* ser clara, nada que já tenha acontecido é do agrado da sra. Snow. Mesmo os dias da semana não são corretos pra ela. Se é segunda, ela reclama que não é domingo; se você leva mocotó, com certeza ouvirá dela que preferiria frango; mas se você realmente levar frango, ela ia querer mocotó!

— Ora, que mulher engraçada — riu Pollyanna. — Acho que vou gostar de vê-la. Ela deve ser bem surpreendente e... e diferente. E eu adoro gente DIFERENTE.

— Hum! Bem, que ela é diferente, ela é mesmo; espero que BEM diferente, *pro* nosso bem! — concluiu Nancy, fechando a cara.

Pollyanna estava pensando sobre essas observações quando virou para o portão de uma casa de campo modesta. Seus olhos estavam brilhando diante da possibilidade de encontrar a "diferente" sra. Snow.

Uma jovem pálida, de aparência cansada atendeu à porta quando Pollyanna bateu.

— Como vai? — começou Pollyanna educadamente. — Vim da parte da srta. Polly Harrington e gostaria de ver a sra. Snow, por favor.

— Bem, se você realmente gostaria, é a primeira pessoa a "gostar" de vê-la — murmurou a garota em um sussurro; mas Pollyanna não entendeu aquelas palavras. A jovem virou-se para indicar o caminho por um saguão até a porta no seu final.

No quarto da doente, onde foi instada a entrar e fechar a porta, Pollyanna ficou piscando por algum tempo, até que os olhos se acostumassem com a penumbra. Então ela viu um contorno difuso de uma mulher recostada na cama, no fundo do quarto. Pollyanna aproximou-se rapidamente.

— Como vai, sra. Snow? Tia Polly pediu para lhe dizer que espera que a senhora esteja sentindo-se bem hoje, e ela ainda lhe mandou um mocotó.

— Pobre de mim! Mocotó? — murmurou uma voz mal-humorada. — Claro que fico muito grata, mas esperava que hoje fosse uma sopa de cordeiro.

Pollyanna franziu um pouco a testa.

— Ora, pensei que a senhora quisesse frango quando as pessoas lhe trazem mocotó — respondeu.

— O quê? — retorquiu asperamente a doente.

— Ora, nada de mais — Pollyanna desculpou-se apressada. — E, é claro, não faz nenhuma diferença, na verdade. É que a Nancy me disse que era frango que a senhora queria quando trazíamos mocotó, e sopa de cordeiro quando trazíamos frango, mas pode ser que fosse o contrário e Nancy tenha confundido as coisas.

A doente aprumou-se até ficar ereta sobre a cama, algo muito incomum para ela, embora Pollyanna não soubesse disso.

— Bem, srta. Impertinência, quem é você? — perguntou, com voz exigente.

Pollyanna riu alegremente.

— Oh, não é ESSE o meu nome, sra. Snow, e fico contente que não seja! Pior seria se fosse Hiphzibah, não é mesmo? Sou Pollyanna Whittier, sobrinha da srta. Polly, vim para morar com ela. É por esse motivo que estou aqui essa manhã com o mocotó.

Durante toda a primeira parte da frase, a mulher doente ficara sentada ereta, ouvindo interessada. Contudo, ao ouvir a referência ao mocotó, ela voltou a recostar-se no seu travesseiro, desatenta.

— Muito bem; obrigada. Sua tia é muito gentil, claro, mas meu apetite não está muito bom esta manhã; e eu estava querendo cordeiro... — ela parou de repente e, em seguida, prosseguiu com uma abrupta mudança de assunto. — Não dormi nada esta noite, nem preguei os olhos!

— Oh, céus, quisera eu não dormir — suspirou Pollyanna, colocando o mocotó sobre a pequena mesinha e sentando-se confortavelmente na cadeira mais próxima. — Perde-se tanto tempo apenas para dormir! Não acha?

— Perde-se tempo... dormindo? — questionou a doente.

— Sim, quando você poderia estar apenas vivendo, sabe? Acho uma pena que não possamos viver durante a noite também.

Mais uma vez a mulher endireitou-se sobre a cama.

— Ora, ora, que jovenzinha interessante é esta! — exclamou. — Olhe, vá até a janela e abra as cortinas — apontou. — Quero saber que aparência você tem!

CAPÍTULO 8

Pollyanna ficou em pé, porém riu com certa tristeza.

— Oh, céus! Então a senhora irá ver as minhas sardas, não é? — suspirou, dirigindo-se à janela. — Justamente quando eu comecei a ficar contente por estar escuro, assim a senhora não podia vê-las! Pronto! Agora a senhora pode... oh! — ela interrompeu-se animada, ao virar para a cama. — Estou tão contente porque a senhora desejou me ver, porque agora EU posso vê-la! Não me disseram que a senhora era tão linda!

— Eu! Linda? — ironizou a mulher, amarga.

— Ora, é claro. A senhora não sabia? — indagou Pollyanna.

— Bem, não, não sabia — retorquiu a sra. Snow secamente. De seus quarenta anos passara quinze tão ocupada, desejando que as coisas fossem diferentes, que não tivera tempo para aproveitar as coisas como eram.

— Oh, mas os seus olhos são tão grandes e escuros e seu cabelo também é escuro e encaracolado — arrulhou Pollyanna. — Amo cachos negros. (É uma das coisas que vou ter quando chegar ao céu.) E a senhora tem duas pequenas manchas vermelhas nas bochechas. Ora, sra. Snow, a senhora é linda! Acho que saberia disso se olhasse para si no espelho.

— O espelho! — rosnou a mulher doente, recaindo sobre seu travesseiro. — Sim, bem, não tenho ficado muito na frente do espelho ultimamente, e você também não poderia se ficasse deitada direto na cama, como eu!

— Ora, é claro que não — concordou Pollyanna compreensiva. — Mas, espere, deixe-me mostrar para a senhora! — exclamou, pulando por cima da mesinha e apanhando um pequeno espelho de mão.

Voltando para a cama, parou e olhou a doente com um olhar crítico.

— Acho que, se a senhora não se incomodar, eu gostaria de pentear seus cabelos um pouco, antes de deixá-la se ver — propôs. — Posso arrumar o seu cabelo, por favor?

— Ora, acho que sim, já que você quer — permitiu a sra. Snow, de má vontade. — Mas não vai durar, sabe?

— Oh, obrigada. Adoro arrumar os cabelos das pessoas — exultou Pollyanna; colocando com cuidado o espelho de volta, pegou o pente.

— Não vou fazer muito hoje, é claro... estou com muita pressa para que a senhora veja como é bonita. Mas algum dia, vou soltá-los totalmente e me ocupar com eles por um tempo, deixando-os maravilhosos e perfeitos! — exclamou, tocando delicadamente o cabelo que se ondulava no topo da cabeça da mulher enferma.

Por cinco minutos, Pollyanna trabalhou rápido, penteando habilmente cachos resistentes para deixá-los macios e desembaraçados e ajeitando as mechas no pescoço, ou batendo no travesseiro para deixar a cabeça em uma posição melhor. Enquanto isso, a enferma franzia a testa, zombando, sem disfarçar, do processo todo; apesar disso, porém, ela começou a vibrar com um sentimento perigosamente próximo da ansiedade.

— Aqui está! — suspirou Pollyanna, que pegou rapidamente um cravo de um vaso próximo, cujo cabo enfiou no cabelo escuro, no lugar onde o efeito seria mais evidente. — Agora, acho que estamos prontas para sermos olhadas! — e esticou triunfante o espelho.

— Hum! — grunhiu a enferma, estudando seu reflexo com olhar severo. — Gosto mais de cravo vermelho do que de rosa; mas vai murchar de qualquer jeito antes do anoitecer, então que diferença faz?

— A senhora deveria ficar contente por ele murchar — riu Pollyanna —, porque assim a senhora poderá divertir-se conseguindo mais cravos novos. Adoro o seu cabelo assim armado — concluiu a avaliação, satisfeita. — A senhora gosta?

— Hummm... talvez. Ainda assim, esse penteado não vai durar, pois fico me virando o tempo todo no travesseiro.

— Claro que não vai... e fico contente por essa razão também — assentiu Pollyanna alegre —, pois aí poderei arrumá-lo novamente. E a senhora devia ficar contente por seu cabelo ser negro, porque essa cor aparece melhor sobre o travesseiro do que o meu cabelo, por exemplo, que é louro.

— Pode ser, mas eu nunca gostei de cabelos pretos, qualquer cabelinho branco logo aparece — retorquiu a sra. Snow mal-humorada, continuando, porém, a segurar o espelho na frente do rosto.

— Oh, eu adoro cabelo preto! Que bom seria se o meu fosse dessa cor — suspirou Pollyanna.

A sra. Snow deixou o espelho cair e virou-se irritada.

CAPÍTULO 8

— Não, não seria!... Não, se fosse eu, não ficaria contente nem com o cabelo negro, nem com nada... se tivesse de ficar deitada aqui o dia todo como eu fico!

Pollyanna franziu as sobrancelhas, pensativa.

— Ora, seria meio difícil ficar... então, não seria? — falou para si mesma em voz alta.

— Ficar como?

— Ficar contente com as coisas.

— Ficar contente com as coisas? Quando se está doente, de cama, todos os dias da sua vida? Bem, acho que seria difícil — retorquiu a sra. Snow. — Se não concorda, diga-me apenas uma coisa com que possa me alegrar!

Para incrível espanto da sra. Snow, Pollyanna saltou para ficar em pé e bateu palmas.

— Oh, ótimo! Isso vai ser difícil, não vai? Preciso ir agora, mas vou pensar bastante durante o caminho para casa, e talvez da próxima vez eu possa lhe dizer. Até logo. Foi maravilhoso! Até logo — voltou a despedir-se, pondo-se porta afora.

— Que loucura! O que ela quis dizer com isso? — exaltou-se a sra. Snow, seguindo sua visita com os olhos. Aos poucos, virou a cabeça e levantou o espelho, estudando criticamente seu reflexo. — Essa pequena tem TALENTO para penteados, sem dúvida — murmurou. — E eu nem sabia que podia ficar tão bem. Mas, e daí? — suspirou, jogando o espelhinho sobre os lençóis. Voltou a recostar-se sobre o travesseiro, rolando a cabeça de um lado para o outro, mal-humorada.

Um pouco mais tarde, quando Milly, a filha da sra. Snow, entrou, o espelho ainda estava entre os lençóis, só que desta vez tinha sido cuidadosamente ocultado de olhares alheios.

— Olha só, mamãe! — exclamou Milly, ora olhando espantada para a janela, ora para o cravo rosa no cabelo da mãe. — A cortina está levantada!

— Bem, o que há de estranho nisso? — perguntou a enferma em tom afetado. — Não preciso ficar no escuro a vida toda só porque estou doente, preciso?

— N-não, claro que não — respondeu Milly apressada, em tom conciliador, apanhando o frasco de remédio. — É que... bem... você sabe muito bem que eu tentei inúmeras vezes fazer que você ficasse no quarto mais claro, e você nunca quis.

Não houve resposta. A sra. Snow remexia as rendas de sua camisola. Por fim, disse mal-humorada:

— Acho que ALGUÉM podia me dar uma camisola nova, em vez de mocotó, apenas para variar!

— Ora... mamãe!

Não é de se estranhar que Milly tivesse exclamado perplexa. Na gaveta atrás dela havia, então, duas camisolas novas, e há meses Milly tentava convencê-la a vesti-las.

CAPÍTULO 9

QUE NOS CONTA SOBRE O HOMEM

CHOVIA QUANDO POLLYANNA tornou a encontrar o homem. Ela o cumprimentou, porém, com um sorriso radiante.

— Não está agradável o dia hoje? — interpelou-o, jovial. — Fico contente que não chove sempre!

Desta vez, o homem nem mesmo grunhiu de volta ou virou a cabeça em sua direção. Pollyanna pensou que obviamente ele não a tinha ouvido. Na próxima vez, que aconteceu no dia seguinte, ela falou mais alto. Julgou particularmente necessário fazê-lo, porque o homem marchava com as mãos atrás das costas e os olhos fixos no chão, o que pareceu absurdo para Pollyanna, frente ao sol glorioso que brilhava no ar puro da manhã. Pollyanna estava em uma missão, como um agrado especial.

— Como está? — cantarolou. — Estou tão contente por não ser ontem, o senhor não está?

O homem parou abruptamente. Havia uma expressão zangada em seu rosto.

— Olhe aqui, garotinha, podemos resolver isso de uma vez por todas — começou provocador. — Tenho mais coisas para me preocupar além do tempo. Nem sei se o sol está brilhando ou não.

Pollyanna irradiou alegria.

— Foi o que pensei, senhor. É por essa razão que o avisei.

— Sim, bem... hã? — interrompeu-se bruscamente, compreenden-do de forma rápida as palavras da menina.

— Pois foi por essa razão que falei com o senhor, para que perceba, sabe, que o sol está brilhando e coisa e tal. Eu imaginei que o senhor ficaria contente se parasse apenas por um instante para prestar aten-ção. E NÃO PARECIA nem um tiquinho que estivesse pensando nisso!

— Mas que coisa — exclamou o homem com um gesto estranho de impotência. Voltou a andar, mas depois do segundo passo, virou-se para trás, ainda com a testa franzida.

— Olha aqui, por que você não encontra alguém da sua idade para conversar?

— Eu gostaria, senhor, mas não tem ninguém nas redondezas, se-gundo a Nancy. Mas eu não me importo muito com isso. Gosto de pessoas velhas da mesma forma, talvez até mais, pois estou acostu-mada com a Liga das Senhoras.

— Humf! A Liga das Senhoras, não é mesmo? É por isso que me aborda?— os lábios do homem estavam ameaçando a sorrir, mas a tes-ta ainda estava franzida, deixando-o com aparência severa e triste.

Pollyanna riu alegremente.

— Oh, não, senhor. O senhor não se parece nem um tiquinho com a Liga das Senhoras, não que o senhor não seja tão bom, é claro, tal-vez seja até melhor — apressou-se a acrescentar educadamente. — Sabe, tenho certeza de que o senhor é muito melhor do que parece!

O homem fez um som esquisito com a garganta.

— Mas cargas-d'água! — exclamou novamente, virando-se e voltan-do a marchar como antes.

Na próxima vez que Pollyanna o encontrou, seus olhos estavam fixos nos dela, com uma franqueza direta, que o fez realmente parecer agradável, pensou a menina.

— Boa tarde — foi o cumprimento um tanto duro. — Quem sabe seja melhor eu já ir dizendo que SEI que o sol está brilhando hoje.

— Mas o senhor não precisa me dizer isso — assentiu Pollyanna, o rosto iluminado com um sorriso. — Soube que o senhor sabia disso, assim que o vi.

— Ah, você soube, não foi?

— Sim, senhor, eu vi em seus olhos, sabe, e no sorriso.

— Hum! — grunhiu o homem, continuando seu caminho.

Depois disso, ele sempre conversava com Pollyanna e frequentemente era o primeiro a falar, embora em geral falasse pouco além de "boa tarde". Mesmo isso, entretanto, surpreendeu muito a Nancy, em uma ocasião em que estava com Pollyanna, quando o cumprimento ocorreu.

— Meu Deus, srta. Pollyanna — engasgou Nancy —, aquele homem falou mesmo com você?

— Ora, sim, ele sempre fala... agora — sorriu Pollyanna.

— Sempre fala! Deus meu! Você sabe quem ele é? — indagou Nancy.

Pollyanna franziu a testa e balançou a cabeça, negando.

— Acho que ele se esqueceu de me dizer um dia. Sabe, fiz a minha parte na apresentação, mas ele não.

Nancy arregalou os olhos.

— Mas ele nunca conversa com ninguém, menina, não conversa há anos, acho, exceto quando é absolutamente necessário, por conta de algum negócio, coisa assim. Ele é John Pendleton. Mora completamente sozinho na casa grande no Morro Pendleton. Não tem ninguém por perto, nem *pra cozinhá*. Desce até o hotel três vezes por dia, *pras* refeições. Conheço Sally Miner, que serve a mesa dele, ela contou que ele dificilmente se esforça para dizer o que quer comer. Ela tem de adivinhar rapidinho, mas tem de ser BARATO! Ela sabe disso, sem que ninguém precise *falá*.

Pollyanna assentiu compreensiva.

— Eu sei. É preciso procurar coisas baratas quando se é pobre. Papai e eu comíamos bastante fora. Geralmente comíamos feijão e almôndegas de peixe. Costumávamos comentar sobre a sorte que tínhamos por gostarmos de feijão, dizíamos isso especialmente quando havia um peru assado à vista, sabe, que era muito caro. O senhor Pendleton gosta de feijão?

— Se gosta? E daí, se gosta ou não? Ora, srta. Pollyanna, ele não é pobre. Ele tem montanhas de dinheiro, esse John Pendleton, do pai dele. Não tem ninguém na cidade mais *ricu* que ele. Podia comer notas de dinheiro, se quisesse, e não perceber.

Pollyanna deu uma risadinha.

— Até parece que alguém CONSEGUE comer dinheiro e não perceber, Nancy, imagine começar a mastigá-los!

— Oh! Eu quero dizer que ele é rico o *bastanti pra* isso — Nancy deu de ombros. — Só que ele não gasta o dinheiro, e pronto. Está sempre guardando.

— Ah, para os pagãos — concluiu Pollyanna. — Que esplêndido! Isso é negar a si mesmo e carregar a cruz. Eu sei, papai contou para mim.

Os lábios da Nancy abriram-se de repente, como se houvesse palavras zangadas, todas prontas para saltar, mas seus olhos pousados no rosto confiante e cheio de júbilo de Pollyanna perceberam algo que fez que elas não fossem pronunciadas.

— Hum! — comentou. Então, mostrando seu antigo interesse, continuou: — Mas, diga, não é estranho que ele converse com você, honestamente, srta. Pollyanna? Ele não fala com ninguém, mora sozinho em uma casa enorme e maravilhosa, cheia de coisas estranhas, dizem. Algumas pessoas dizem que é louco, algumas, que é zangado, e outras ainda, que ele esconde um esqueleto em seu armário.

— Oh, Nancy! — estremeceu Pollyanna. — Como ele pode esconder algo tão terrível? Acho que ele devia jogar fora!

Nancy riu. Percebera com clareza que Pollyanna tinha tomado o esqueleto no sentido literal, em vez de figurado. Nancy, porém, maldosamente se absteve de corrigir o engano.

— E TODOS dizem que ele é misterioso — continuou. — Há alguns anos ele somente viaja, semanas inteiras, sempre para países quentes: Egito, Ásia e o Deserto de Saara, sabe.

— Ah, é um missionário — assentiu Pollyanna.

Nancy riu estranhamente.

— Bom, eu não disse isso, srta. Pollyanna. Quando volta, ele escreve livros esquisitos, estranhos, dizem que sobre alguma esquisitice que tenha encontrado nos países pagãos. Mas parece que ele nunca quer gastar dinheiro aqui, pelo menos não com o dia a dia.

— Claro que não, se está economizando para os pagãos — declarou Pollyanna. — Mas ele é um homem engraçado, e diferente, também, como a sra. Snow, só que é um diferente-diferente.

— Bem, acho que é sim — riu Nancy.

— De qualquer jeito, estou mais contente do que nunca, porque ele conversa comigo — suspirou Pollyanna satisfeita.

CAPÍTULO 10
UMA SURPRESA PARA A SRA. SNOW

QUANDO POLLYANNA voltou para ver a sra. Snow, encontrou-a, como de início, em um quarto escurecido.

— É a garotinha da srta. Polly, mãe — anunciou Milly, com um jeito cansado; e então Pollyanna viu-se sozinha com a enferma.

— Ah, então é você? — perguntou uma voz irritada da cama. — Eu me lembro de você. Acho que QUALQUER UM se lembraria de você, se a visse uma vez. Queria que tivesse vindo ONTEM. Queria ver você ONTEM.

— Queria? Bem, então fico contente que minha visita não passou do dia de hoje — riu Pollyanna, entrando alegremente no quarto e colocando com cuidado sua cesta sobre uma cadeira. — Puxa! Mas não está uma escuridão danada aqui, hein? Não consigo ver nadica da senhora! — exclamou, atravessando o quarto sem hesitar, na direção da janela e erguendo a cortina. Quero ver se a senhora prendeu seu cabelo como fiz — ah, não prendeu! Mas não faz mal; fico contente que não tenha feito, afinal, pode ser que a senhora me deixe fazer isso... mais tarde. Contudo, agora quero que veja o que eu lhe trouxe.

Inquieta, a senhora se remexeu.

— Como se a aparência fizesse alguma diferença no sabor — zombou, mas seus olhos viraram-se para a cesta. — Então, o que é?

— Adivinhe! Do que tem vontade? — Pollyanna saltou para perto da cesta, o rostinho brilhando. A enferma franziu a testa.

— Ora, não DESEJO nada, que eu saiba — suspirou. — Afinal, tudo tem o mesmo gosto!

Pollyanna deu um risinho.

— Este não terá. Adivinhe! Se a senhora REALMENTE quisesse alguma coisa, o que seria?

A mulher hesitou. Não percebera que por tanto tempo acostumou-se a desejar o que não tinha, que dizer de pronto o que REALMENTE queria parecia impossível, até que soubesse o que tinha ali. Era óbvio, porém, que tinha de dizer algo; aquela criança extraordinária estava aguardando.

— Bem, claro, tem caldo de carneiro.

— Eu trouxe! — piou Pollyanna.

— Mas isso era o que eu NÃO queria — suspirou a doente, agora já certa do que o seu estômago desejava. — Era frango o que eu queria.

— Ah, isso eu também trouxe — riu Pollyanna.

A mulher virou-se, espantada.

— Os dois? — perguntou, incrédula.

— Sim, e mocotó — triunfou Pollyanna. — Queria ter certeza de que comeria o que quer ao menos uma vez; então Nancy e eu preparamos. Ah, é claro que tem somente um pouco de cada coisa aqui, mas o suficiente de tudo! Estou tão contente que a senhora quis frango — continuou alegre, enquanto retirava as três pequenas cumbucas de dentro da cesta. — Sabe, fiquei pensando, no caminho, e se a senhora dissesse que queria dobradinha, ou cebola, ou algo assim, que eu não tivesse? Não seria uma pena, já que me esforcei tanto? — riu com alegria.

Não houve resposta. A enferma parecia tentar, mentalmente, encontrar alguma coisa que deixara passar.

— Prontinho! Vou deixar tudo aqui — anunciou Pollyanna, enquanto arrumava as três cumbucas em linha sobre a mesa. — É provável que queira caldo de carneiro amanhã. Como a senhora se sente hoje? — terminou a pergunta com educação.

CAPÍTULO 10

— Muito mal, obrigada — murmurou a sra. Snow, voltando à atitude usual de indiferença. — Não consegui cochilar esta manhã. Nellie Higgins, da casa ao lado, começou as aulas de música e seus exercícios me põem quase louca. Ela faz isso a manhã toda, inteirinha! Nem sei o que fazer!

Pollyanna concordou compassiva.

— Eu sei. Isso é horrível! A sra. White ficou assim uma vez, ela é uma das senhoras da Liga, sabe? Teve também febre reumática, então não conseguia se virar. Ela disse que teria sido mais fácil se conseguisse. A senhora pode?

— Posso o quê?

— Virar-se, mover-se, sabe, para mudar de posição quando a música torna-se insuportável.

A sra. Snow encarou-a por um tempo.

— Ora, claro que posso, para todos os lados. Na cama — acrescentou ela, um tanto irritada.

— Bem, a senhora pode se sentir feliz, então, de alguma forma, não pode? — acenou Pollyanna. — A sra. White não podia. Não dá para se virar quando se tem febre reumática, embora se queira muito, dizia a sra. White. Mais tarde, ela me contou que teria ficado completamente doida se não fossem os ouvidos da irmã do sr. White, que era surda.

— OUVIDOS... da irmã? O que quer dizer com isso?

Pollyanna riu.

— Bem, acho que não lhe contei tudo, e esqueci que a senhora não conhecia a sra. White. Veja, a srta. White era surda, terrivelmente surda; ela foi visitá-los e ajudar a cuidar da sra. White e da casa. Então, foi tão difícil para eles fazerem-na ENTENDER qualquer coisa que, depois disso, sempre que o piano começava a tocar do outro lado da rua, a sra. White ficava tão contente por ser CAPAZ de ouvi-lo, que nem se importava tanto em ouvi-lo, porque ela não conseguia deixar de pensar em como seria horrível se ela fosse surda e não pudesse ouvir nada, como a irmã do marido. Está vendo, ela também estava jogando. Contei para ela sobre o jogo.

— O... jogo?

Pollyanna bateu palmas.

— Isso! Quase esqueci, mas estive pensando, sra. Snow, com o que a senhora poderia ficar contente.

— Ficar CONTENTE? Como assim?

— Ora, eu lhe disse que pensaria, não lembra? A senhora me pediu para lhe dizer o que deveria deixá-la contente, sabe, mesmo tendo de ficar aqui acamada o dia inteiro.

— Ah — ironizou a mulher. — ISSO? Sim, eu me lembro, mas não pensei que estivesse falando sério.

— Ah, sim, estava — concordou Pollyanna em triunfo —, e eu encontrei algo. Mas foi DIFÍCIL. Mas quando é difícil, fica ainda mais divertido. E, para ser honesta, não consegui pensar em nada por um tempo. E então entendi.

— Entendeu, de verdade? Bem, e o que é? — a voz da sra. Snow soou sarcasticamente educada.

Pollyanna deu um longo suspiro.

— Pensei o quanto a senhora poderia sentir-se contente ao pensar que outras pessoas não são como a senhora, doente, na cama, desse jeito, sabe? — anunciou séria.

A sra. Snow olhou-a fixamente; seus olhos estavam cheios de raiva.

— Não diga! — tornou, ríspida, em um tom de voz nada agradável.

— E agora, vou contar como é o jogo — propôs Pollyanna, alegre e confiante. — Será ótimo a senhora jogar, vai ser bem difícil. E é muito mais divertido quando é difícil! Veja, é assim… — E ela começou a contar sobre a barrica de missionário, as muletas e a boneca que não veio.

Mal terminou, Milly apareceu na porta.

— Sua tia está te chamando, srta. Pollyanna — avisou em um tom de triste apatia. — Ela telefonou para os Harlows do outro lado da rua. Disse para você se apressar, pois precisa praticar antes de escurecer.

Pollyanna levantou-se com relutância.

— Tudo bem — suspirou. — Vou depressa — de repente, ela riu. — Acho que eu devia estar contente por ter pernas para me apressar, não é, sra. Snow?

Não houve resposta. Os olhos da sra. Snow estavam fechados. Mas Milly, cujos olhos estavam bem abertos, viu que havia lágrimas nas faces envelhecidas.

— Até mais — disse Pollyanna por cima do ombro, ao alcançar a porta. — Sinto muito sobre o cabelo, queria arrumá-lo. Mas talvez eu possa na próxima vez!

CAPÍTULO 10

Os dias de julho passaram um a um. Para Pollyanna foram dias felizes, de fato. Muitas vezes contou, alegre, para a tia, o quanto esses dias foram felizes, ao que a tia normalmente respondia, cansada:

— Muito bem, Pollyanna. Estou satisfeita, é claro, que eles sejam felizes; mas espero que sejam proveitosos também, senão terei falha-do em meu dever.

Pollyanna geralmente respondia com um abraço e um beijo, pro-cesso esse ainda muito desconcertante para a srta. Polly; mas um dia Pollyanna, durante a hora da costura, falou:

— A senhora quer dizer que não seria suficiente então, tia Polly, que os dias fossem somente alegres? — perguntou melancólica.

— É o que quero dizer, Pollyanna.

— Eles devem ser também pro-vei-to-sos?

— Com certeza.

— O que é ser proveitoso?

— Ora, é... é ser proveitoso, que traz proveito, que seja útil, Pollyanna. Que criança extraordinária você é!

— Então ser apenas feliz não é pro-vei-to-so? — questionou Pollyanna, um tanto ansiosa.

— Certamente não.

— Ah, céus ! Então a senhora não iria gostar, é claro. Sinto agora que a senhora nunca irá jogar o jogo, tia Polly.

— Jogo? Que jogo?

— Ora, aquele que papai... — Pollyanna fechou a boca com a mão. — N-nada — gaguejou. A srta. Polly franziu a testa.

— Já é suficiente para esta manhã, Pollyanna — disse lacônica. E a lição de costura terminou.

Foi naquela tarde que Pollyanna, ao descer do sótão, encontrou a tia na escada.

— Ora, tia Polly, é simplesmente ótimo! — exclamou. — A senhora vinha subindo para me ver! Entre. Adoro companhia — terminou, cor-rendo escada acima e escancarando a porta.

Ora, a srta. Polly não planejara visitar a sobrinha. Pensava procu-rar certo xale de lã branca na cômoda de cedro perto da janela que dava para o leste. Mas para sua enorme surpresa encontrou-se, não no sótão principal à frente da cômoda de cedro, mas no pequeno quarto de Pollyanna, sentada em uma das cadeiras de espaldar alto.

Tantas, tantas vezes desde a chegada de Pollyanna, a srta. Polly vira-se assim, fazendo algo totalmente inesperado, surpreendente, completamente diferente daquilo que se propusera a fazer!

— Adoro companhia — repetiu Pollyanna, pondo-se a rodopiar como se fosse oferecer para a tia a hospitalidade de um palácio —, especialmente desde que ganhei este quarto, todo meu, sabe? Ah, claro, eu tinha um quarto, sempre, mas eram quartos emprestados e estes não são tão agradáveis quanto os que possuímos, não é? E é claro, este quarto é meu, não é?

— Ora, s-sim, Pollyanna — murmurou srta. Polly, vagamente perguntando a si mesma a razão de não se erguer de uma vez e ir procurar o xale.

— E, claro, AGORA eu simplesmente adoro este quarto, mesmo que não tenha os tapetes, as cortinas e os quadros que eu queria... — Pollyanna se interrompeu logo, muito vermelha. Estava iniciando uma frase diferente quando a tia falou bruscamente:

— O quê, Pollyanna?

— N-nada, tia Polly, de verdade. Eu não quis dizer isso.

— Provavelmente não — retrucou srta. Polly com frieza — mas foi o que disse, então, suponho que saberei o restante.

— Mas não é nada, eu apenas estava como que contando com tapetes bonitos e cortinas de renda e coisas assim, sabe? Mas, é claro...

— CONTANDO com isso! — interrompeu a srta. Polly, ríspida.

Pollyanna corou ainda mais.

— Eu não devia, é claro, tia Polly — desculpou-se. — Era apenas porque eu sempre quis tê-los e nunca tive, eu acho. Ah, tivemos dois tapetes das barricas, mas eram pequenos, sabe? Um tinha manchas de tinta, e o outro, buracos; e apenas aqueles dois quadros; um deles, pap... quero dizer, o quadro bom, nós vendemos, e o ruim, quebrou. Claro, se não fosse por tudo aquilo eu teria desejado, ter... coisas bonitas, quero dizer; e não devia ficar planejando e imaginando naquele primeiro dia quando atravessei o saguão, como o meu quarto aqui seria bonito, e... e... Mas, de verdade, tia Polly, foi apenas por um minuto — quero dizer, alguns minutos — antes de eu ficar contente pela cômoda NÃO ter um espelho, porque assim não veria minhas sardas; e por não existir um quadro melhor do que aquele que pode ser visto da minha janela, e a senhora tem sido tão boa para mim, que...

CAPÍTULO 10

A srta. Polly ergueu-se de repente. Seu rosto estava muito vermelho.

— Já chega, Pollyanna — disse rigidamente. — Você já contou o bastante, tenho certeza.

No minuto seguinte ela deslizou escada abaixo e, antes de chegar ao primeiro andar, de repente, ocorreu-lhe que tinha subido ao sótão para encontrar um xale de lã branca no baú de cedro, perto da janela que dava para o leste.

Menos de vinte e quatro horas mais tarde, a srta. Polly disse para Nancy, resoluta:

— Nancy, pode mudar as coisas da srta. Pollyanna para o andar de baixo esta manhã, para o quarto diretamente abaixo do dela. Decidi ter minha sobrinha dormindo lá por enquanto.

— Sim, senhora — disse Nancy em voz alta. "Aleluia!", pensou Nancy para si mesma.

Para Pollyanna, um minuto depois, ela exclamou com alegria:

— Ouça isso, srta. Pollyanna. A srta. vai dormir no quarto bem embaixo deste aqui. Sim, vai sim! Ah, se vai!

Pollyanna, na verdade, ficou pálida.

— Você quer dizer, ora, Nancy, não... verdade verdadeira?

— Pode *acreditá*, verdade verdadeira — afirmou Nancy exultante, balançando a cabeça para Pollyanna por cima do braço onde havia vestidos que ela trouxera do armário. — Disseram-me para *levá* as suas *coisa*, e eu vou *levá*, antes *qui* ela tenha *chanci* de *mudá di'deia*.

Pollyanna não parou para escutar o fim da frase. Correndo o risco iminente de quebrar o pescoço, voou escada abaixo, pulando os degraus de dois em dois de cada vez.

Batendo duas portas e derrubando uma cadeira, finalmente alcançou o objetivo: a tia Polly.

— Oh, tia Polly, tia Polly, a senhora disse isso de verdade? Esse quarto tem TUDO: o tapete e as cortinas e três quadros, além da vista lá de fora, também, porque as janelas dão para o mesmo lado. Oh, tia Polly!

— Muito bem, Pollyanna. Fico satisfeita por você gostar da mudança, é claro; mas se pensa tanto em todas essas coisas, confio que vá cuidar delas. Isso é tudo. Pollyanna, por favor, levante aquela cadeira; e você bateu duas portas nos últimos cinquenta segundos — falou severa, pois, por alguma razão inexplicável, sentiu vontade de chorar, e não estava acostumada a sentir isso.

Pollyanna levantou a cadeira.

— Sim, senhora; sei que bati aquelas portas — admitiu alegremente. — É que eu acabei de descobrir sobre o quarto, e acredito que a senhora teria batido as portas se... — Pollyanna parou bruscamente e pousou os olhos sobre a tia com novo interesse — Tia Polly, a senhora ALGUMA VEZ bateu alguma porta?

— Espero que não, Pollyanna! — o tom de voz da srta. Polly pareceu bastante chocado.

— Ora, tia Polly, que pena! — o rosto da Pollyanna expressava apenas uma compaixão preocupada.

— Pena! — repetiu tia Polly, atordoada demais para dizer alguma coisa.

— Ora, sim. Veja, se tivesse vontade de bater as portas, a senhora as teria batido, é claro; e se não bateu, é porque nunca deve ter se alegrado com coisa alguma, senão teria batido. Não resistiria. E eu sinto tanto pela senhora nunca ter ficado contente com coisa alguma!

— POLLYANNA! — gemeu a senhora; mas ela já tinha ido, e somente a batida distante da porta do sótão lhe respondeu. Pollyanna fora ajudar Nancy a levar "suas coisas" para baixo.

A srta. Polly, na sala de estar, sentia-se vagamente perturbada — mas é claro que ela TINHA sido feliz — com algumas coisas!

CAPÍTULO 11
O ENCONTRO COM JIMMY

AGOSTO CHEGOU. E com ele várias surpresas e algumas mudanças, nenhuma das quais, entretanto, foi realmente nova para Nancy. Desde a chegada de Pollyanna todas as mudanças lhe pareciam normais.

Primeiro, foi o gatinho.

Pollyanna encontrou um gatinho que miava muito a alguma distância, pela estrada abaixo. Quando o questionamento sistemático dos vizinhos não conseguiu encontrar qualquer pessoa que o reivindicasse, Pollyanna imediatamente o carregou para casa, como era óbvio.

— Fiquei contente por não ter encontrado o dono dele — confidenciou para a tia —, porque eu queria o tempo todo trazê-lo para casa. Amo gatinhos. E sabia que a senhora ficaria contente em deixá-lo viver aqui.

Tia Polly olhou para o pequeno e negligenciado novelo cinza abandonado e estremeceu: ela não dava a mínima para gatos, nem mesmo para os bonitinhos, saudáveis e limpinhos.

— Eca, Pollyanna! Que bichinho imundo! Tenho certeza de que está doente, sarnento e pulguento.

— Eu sei, pobrezinho — sussurrou Pollyanna ternamente, olhando nos olhos assustados da pequena criatura. — E está todo trêmulo, também, de tão assustado. Está vendo, ele ainda não sabe que vamos ficar com ele, é claro.

— Não, e também ninguém mais sabe — retorquiu a srta. Polly, pondo ênfase de significado nas suas palavras.

— Ah, sim, sabem — assentiu Pollyanna, compreendendo completamente errado as palavras da tia. — Eu disse para todos que deveríamos ficar com ele, se eu não encontrasse o lugar ao qual pertencia. Eu sabia que a senhora ficaria contente em tê-lo; pobre criaturinha solitária!

A srta. Polly abriu a boca, tentando dizer algo, mas foi em vão. A curiosa sensação de impotência que tomava conta dela desde a chegada da Pollyanna mantinha-a novamente em seu poder.

— Claro que eu sabia — Pollyanna apressou-se a acrescentar com gratidão — que a senhora não deixaria um gatinho solitário e querido sair à procura de um lar, justo quando a senhora acabou de ME acolher; e eu disse isso para a sra. Ford quando ela perguntou se a senhora me deixaria ficar com ele. Bem, eu tinha a Liga das Senhoras, sabe? Mas o gatinho não tem ninguém. Eu sabia que a senhora iria se sentir assim — acenou feliz e saiu correndo do quarto.

— Mas, Pollyanna, Pollyanna — protestou a srta. Polly. — Eu não — mas Pollyanna já estava a caminho da cozinha, chamando:

— Nancy, Nancy, veja esse querido gatinho que a tia Polly vai criar comigo! —E a tia Polly, que odiava gatos, apenas caiu de costas em sua cadeira na sala de estar, com um suspiro de desânimo, impotente para protestar.

No dia seguinte, foi um cachorro, ainda mais sujo e talvez mais desamparado do que o gatinho; e outra vez a srta. Polly, para seu mudo espanto, viu-se agindo como uma amável protetora e um anjo de misericórdia — papel esse que Pollyanna, sem hesitação, conferiu-lhe como natural; assim, a mulher, que detestava cães ainda mais que gatos, se isso fosse possível, viu-se impotente para protestar, como antes.

Em menos de uma semana, entretanto, Pollyanna levou para casa um menino pequeno em farrapos, e confiante reivindicou a mesma proteção para ele. Mas a srta. Polly tinha algo a dizer. Aconteceu desse modo.

Em uma manhã agradável de quinta-feira, Pollyanna tinha levado mocotó novamente para a sra. Snow. Ambas tornaram-se as melhores amigas. A amizade delas começou a partir da terceira visita de Pollyanna, aquela depois da qual contou sobre o jogo para a sra. Snow. A própria sra. Snow estava jogando o jogo agora com Pollyanna. Para falar a verdade, ela não jogava muito bem; passara tanto tempo desgostosa de tudo que não era fácil ficar feliz por qualquer coisa agora. Mas sob as instruções alegres de Pollyanna e o riso feliz perante os seus erros, aprendia rápido. Até mesmo naquele dia, para o enorme deleite da menina, dissera que estava feliz por ela ter lhe levado mocotó, porque isso era exatamente o que vinha querendo — ela não sabia que Milly, na porta da frente, dissera para Pollyanna que a esposa do ministro já tinha comido uma tigela grande cheia daquele mesmo tipo de mocotó.

Pollyanna estava pensando nisso, quando, de repente, viu o menino.

Estava sentado desconsolado em um pequeno monte à beira da estrada, aparando sem entusiasmo uma pequena vareta.

— Olá — sorriu Pollyanna, cativante.

O garoto olhou para cima, mas imediatamente desviou o olhar de novo.

— Olá por quê? — murmurou.

Pollyanna riu.

— Você está com uma aparência... Nem mesmo um mocotó iria alegrá-lo — riu ela, parando diante dele.

O menino remexeu-se sem jeito, olhou-a surpreso e recomeçou a talhar a sua varinha, com a faca cega, de lâmina quebrada na mão.

Pollyanna hesitou e, em seguida, deixou-se sentar confortavelmente sobre a grama ao lado do garoto. Apesar da afirmação valente de Pollyanna de que ela estava "acostumada à Liga das Senhoras", e que "não se incomodava de não ter amigos de sua idade", ela suspirara, às vezes, por falta de uma companhia dessas; daí sua determinação de não perder a chance.

— Meu nome é Pollyanna Whittier — começou, de modo agradável. — E o seu?

Outra vez o garoto remexeu-se com inquietação. Até quase se levantou. Mas depois voltou à posição anterior.

— Jimmy Bean — resmungou com indiferença displicente.

— Bom, agora estamos apresentados. Fico contente que você tenha feito a sua parte, algumas pessoas não fazem, sabe? Eu moro na casa da srta. Polly Harrington. E você, onde vive?

— Em lugar algum.

— Como assim, em lugar algum? Ora, você não pode fazer isso, todo mundo mora em algum lugar — afirmou Pollyanna.

— Bem, eu não, pelo menos não agora. Estou procurando um lugar novo.

— Oh! Onde?

O menino considerou-a com olhos cheios de desdém.

— Sua boba, você acha que eu estaria procurando, se já soubesse?

Pollyanna inclinou um pouco a cabeça. Aquele não era um bom menino, e ela não gostou de ser chamada de "boba". Ainda assim, ele era alguém além dos... dos velhos. — Onde você morava antes? — indagou.

— Puxa, você nunca levou uma surra por fazer tantas perguntas? — perguntou o garoto, suspirando com impaciência.

— Tenho de fazê-las — replicou Pollyanna calmamente —, senão não consigo descobrir nada sobre você. Se você falasse mais eu não perguntaria tanto.

O menino forçou um sorriso tímido, mas não exatamente de boa vontade; porém, seu rosto pareceu um pouco mais agradável quando falou mais uma vez.

— Está bem, então, aqui vai! Sou Jimmy Bean e tenho 10 anos, quase 11. Fui viver no ano passado em um orfanato, mas eles têm tantas crianças que não tinha muito espaço para mim, e de qualquer forma eu não queria ficar lá. Então, fui embora. Vou viver em algum outro lugar, mas ainda não o encontrei. Eu GOSTARIA de ter um lar, um simples, sabe? Com uma mãe, em vez de uma responsável. Se você tem um lar, tem família, sabe o que falo; mas eu nunca mais tive família desde que... papai morreu. Então, estou procurando agora. Já tentei ficar em quatro casas, mas não me quiseram, apesar de eu ter dito que queria trabalhar, é claro. Aí está! Isso é tudo que você queria saber? — a voz do garoto se interrompeu um pouco nas duas últimas frases.

— Ora, que pena — condoeu-se Pollyanna. — E ninguém lá quis ficar com você? Ah, coitado! Sei como você se sente, porque depois...

CAPÍTULO 11

depois que meu pai morreu, eu também não tinha ninguém, somente a Liga das Senhoras, até que a tia Polly disse que ficaria comigo... — Pollyanna parou abruptamente. O nascimento de uma ideia maravilhosa começou a se estampar em seu rosto.

— Sei de um lugar ideal para você — exclamou. — A tia Polly vai ficar com você, sei que vai! Ela não ficou comigo? E não pegou Fluffy e Buffy, quando não tinham quem os amasse, ou um lugar para ir? E eles são apenas gatos e cachorros! Oh, venha, sei que a tia Polly vai ficar com você! Você não sabe como ela é boa e amável!

O rosto magro de Jimmy Bean iluminou-se.

— Jura mesmo? Ela faria isso? Eu trabalharia, sabe, sou bem forte! — disse, expondo o braço pequeno e ossudo.

— Claro que faria! Ora, minha tia Polly é a melhor senhora do mundo, depois que a minha mãezinha se foi para ser um anjo do Céu. E tem quartos... um monte deles — continuou, saltando em pé e puxando o braço de Jimmy. — É uma casa terrivelmente grande. Talvez, porém — acrescentou um pouco ansiosa, enquanto eles se apressavam — talvez você tenha de dormir no quarto do sótão. Eu dormi, no começo. Mas lá tem telas agora, então não vai ser tão quente, e as moscas não conseguem entrar, também, para levar coisas tipo germes aos seus pés. Sabia disso? É simplesmente maravilhoso! Talvez ela deixe que você leia o livro, se você for bonzinho, quero dizer, se for mau. E você tem sardas, também — disse com um olhar crítico —, então vai ficar contente por não haver nenhum espelho; e o quadro do lado de fora da janela é mais legal do que qualquer um de parede poderia ser; assim, você não vai se importar de dormir naquele quarto, tenho certeza — arfou Pollyanna, descobrindo de repente que precisava do restante de fôlego para outros fins além de falar.

— Deus meu! — exclamou Jimmy Bean sem compreender, porém com admiração. Então, acrescentou: — A gente nem precisa fazer perguntas para uma pessoa que consegue falar assim, correndo!

Pollyanna riu.

— Bem, de alguma maneira você pode ficar contente com isso — respondeu ela — porque enquanto eu falo, VOCÊ pode permanecer quieto!

Quando alcançaram a casa, Pollyanna conduziu sem hesitar seu companheiro direto para a presença de sua espantada tia.

— Oh, tia Polly — disse triunfante. — Olha só aqui! Consegui algo muito mais bacana, até mais que Fluffy e Buffy, para a senhora criar. Um garoto de verdade! Ele não vai se incomodar de dormir no sótão, sabe? E ele disse que vai trabalhar; porém vou precisar dele a maior parte do tempo para brincar, acho.

A srta. Polly ficou pálida e, em seguida, muito vermelha. Não entendera exatamente, mas o que entendera era suficiente.

— Pollyanna, o que significa isto? Quem é esse menininho sujo? Onde o encontrou? — perguntou bruscamente.

O "menininho sujo" deu um passo para trás e olhou para a porta. Pollyanna riu alegremente.

— É mesmo, não é que me esqueci de dizer o nome dele! Sou tão confusa quanto o Homem. E ele está sujo também, não está? Quero dizer, o menino está... exatamente como Fluffy e Buffy estavam quando a senhora os pegou. Mas acho que ele vai melhorar rapidinho depois de se lavar, como eles melhoraram e... quase esqueci de novo — ela se interrompeu com uma risada —, este é Jimmy Bean, tia Polly.

— Bem, e o que ele está fazendo aqui?

— Ora, tia Polly, eu acabei de dizer! — os olhos de Pollyanna estavam muito abertos de surpresa. — Ele é para a senhora. Eu o trouxe para casa... para que pudesse viver aqui, sabe? Ele quer um lar e uma família. Eu contei para ele como a senhora foi boa comigo e com Fluffy e Buffy, e que eu sabia que a senhora também seria para ele, porque ele era mais legal que gatos e cachorros.

A srta. Polly caiu para trás sobre a cadeira e ergueu a mão trêmula para a garganta. A velha incapacidade estava ameaçando novamente apoderar-se dela. Com esforço visível, entretanto, a srta. Polly endireitou-se de repente.

— Já basta, Pollyanna. Essa é a coisa mais absurda que você fez até hoje. Como se gatos de rua e cães sarnentos já não fossem ruins o bastante, você tem de trazer da rua para casa pequenos pedintes maltrapilhos, que...

O menino virou-se de repente. Seus olhos faiscavam, e o queixo subiu. Com dois passos largos de suas perninhas vigorosas, ele colocou-se destemido na frente da srta. Polly.

— Não sou nenhum pedinte, dona, e não quero nada da senhora. Estava procurando trabalho, é claro, para meu sustento. Não teria vindo para sua casa velha, de modo algum, se essa menina não tivesse me obrigado e dito como a senhora era boa e caridosa e que estava louca para me acolher. Aí está! — virando-se, saiu da sala com uma dignidade que seria absurda, se não fosse lamentável.

— Oh, tia Polly — soluçou Pollyanna. — Ora, pensei que a senhora ficaria CONTENTE em tê-lo aqui! Tinha certeza de que ficaria...

A srta. Polly ergueu a mão com um gesto autoritário, impondo silêncio. Seus nervos finalmente explodiram. As palavras "boa e caridosa" do garoto ainda ressoavam em seus ouvidos e sentia que o velho sentimento de impotência estava pronto para assumir. Mesmo assim, reuniu suas forças e disse com autoridade:

— Pollyanna — exclamou bruscamente —, pare de usar tanto essa palavra "contente"! É "contente", "contente", de manhã até a noite. Assim vou ficar louca!

Pollyanna ficou boquiaberta de espanto.

— Ora, tia Polly — sussurrou —, pensei que ficaria contente de me ver con... Oh! — interrompeu-se, levando as mãos à boca e correndo desesperada para fora da sala.

Antes de o menino chegar ao portão, Pollyanna o alcançou.

— Menino! Menino! Jimmy Bean, quero que saiba o quanto sinto! — disse sem fôlego, agarrando-lhe o braço.

— Não a culpo — retorquiu o menino, sombrio. — Mas não sou nenhum pedinte! — acrescentou com energia repentina.

— Claro que não! Mas você não deve culpar a titia — rogou Pollyanna. — De qualquer forma, é certo que não fiz as apresentações direito; acho que não contei muito sobre quem você é. Ela é boa e caridosa, sempre foi; eu é que não expliquei direito. Gostaria muito, porém, de encontrar um lugar para você!

O garoto deu de ombros e virou-se para ir embora.

— Não faz mal. Acho que posso encontrar sozinho. Não sou pedinte, sabe?

Pollyanna estava franzindo a testa pensativa. De repente, virou-se, o rosto iluminado.

— Vou te contar o que VOU fazer! A Liga das Senhoras tem uma reunião esta tarde. Ouvi a tia Polly dizer. Vou apresentar o seu caso para elas. Meu pai sempre fez isso, quando precisava de alguma coisa: educar pagãos ou um tapete novo, sabe?

O menino virou-se com violência.

— Bem, não sou pagão nem tapete novo. Além disso, o que é a Liga das Senhoras?

Pollyanna encarou-o com reprovação.

— Ora, Jimmy Bean, onde foi criado para não saber o que é a Liga das Senhoras?

— Ah, tudo bem se não *quisé contá* — grunhiu o menino, virando-se e começando a se afastar com aparente indiferença.

Pollyanna deu um pulo, ficando ao seu lado.

— É... é... ora, são muitas senhoras que se encontram e costuram, e distribuem refeições e recolhem dinheiro e... e conversam; é isso o que a Liga das Senhoras faz. E elas são muito bondosas, pelo menos aquelas de onde eu morava eram. Ainda não vi as daqui, mas acho que são sempre boas. Vou contar para elas sobre você nesta tarde.

Mais uma vez o menino virou-se com violência.

— Você pensa que vai! Você acha que vou *ficá* por aí, escutando um MONTE de *mulhé*, em vez de UMA só, me *chamá* de pedinte? Não, mesmo!

— Oh, mas você não estaria lá — argumentou rapidamente Pollyanna. — Eu iria sozinha e contaria para elas.

— Você faria isso?

— Sim; e contaria de uma forma melhor para elas — apressou-se a acrescentar Pollyanna, para ver com rapidez sinais de brandura no rosto do menino. — E haveria algumas delas, eu sei, que ficariam contentes em lhe dar um lar.

— Eu vou trabalhar. Não se esqueça de dizer isso para elas — instruiu o garoto.

— Claro que não vou esquecer — prometeu Pollyanna, alegremente, certa de que agora conseguira ganhar um ponto positivo. — Amanhã te conto.

— Onde?

— Na estrada, onde eu te encontrei hoje; perto da casa da sra. Snow.

— Está bem. Estarei lá. — O rapaz fez uma pausa antes de continuar lentamente: — Talvez seja melhor eu voltar para o orfanato esta noite. Sabe, não tenho nenhum outro lugar para ficar; e... e nunca saí de lá até hoje de manhã. Fugi. Não disse pra eles que não voltaria, senão eles não iam me deixar *voltá*... se bem que eu acho que eles nem vão se preocupar se eu não aparecer um dia. Não são como uma FAMÍLIA, sabe? Eles NÃO se importam!

— Eu sei — concordou Pollyanna com o olhar compreensivo. — Mas tenho certeza de que terá quando eu encontrá-lo amanhã, um lar normal e familiares que realmente vão se importar com você. Até mais! — disse ela animada, virando-se na direção da casa.

Na janela de sala de estar, naquele momento, a srta. Polly, que observara as duas crianças, seguiu com um olhar sombrio o menino, até que a curva da estrada o escondeu. Então, ela suspirou, virou-se e subiu a escada, apática; não era normal a srta. Polly mover-se com apatia. Em seus ouvidos ainda ouvia as palavras cheias de mágoa do garoto "a senhora é tão boa e caridosa". Em seu coração permanecera uma curiosa sensação de desolação, como se tivesse perdido algo.

CAPÍTULO 12

DIANTE DA LIGA DAS SENHORAS

O ALMOÇO, que era ao meio-dia na propriedade Harrington, foi uma refeição silenciosa no dia da reunião da Liga das Senhoras. É verdade que Pollyanna tentou falar, mas não obteve sucesso, principalmente porque, por quatro vezes, viu-se obrigada a interromper a palavra "contente" no meio, corando, muito desconfortável. Na quinta vez que isso aconteceu, a srta. Polly moveu a cabeça, cansada.

— Vai lá, vai lá, criança, diga se o quer — suspirou. — Tenho certeza de que prefiro que diga, do que se interrompa, se isso causa tanta confusão.

O rostinho franzido da Pollyanna clareou.

— Oh, obrigada. Infelizmente é muito difícil não dizer. É que joguei o jogo por tanto tempo, sabe?

— Você... o quê? — exigiu tia Polly.

— Joguei... o jogo, sabe? Que papai... — Pollyanna parou enrubescendo fortemente por encontrar-se mais uma vez tão rápido em terreno proibido.

Tia Polly franziu a testa e não disse nada. O restante da refeição transcorreu em silêncio.

CAPÍTULO 12

Pollyanna não ficou triste ao ouvir tia Polly dizer para a esposa do pároco pelo telefone, um pouco mais tarde, que não estaria na reunião da Liga das Senhoras naquela tarde por causa de uma dor de cabeça. Quando tia Polly subiu as escadas para o quarto e fechou a porta, Pollyanna tentou sentir pena dela pela sua dor de cabeça; mas não pôde evitar sentir-se contente que a tia não estaria presente naquela tarde, quando exporia o caso de Jimmy Bean à Liga das Senhoras. Ela não podia esquecer que a tia o tinha chamado de "pequeno pedinte", e ela não queria que ela o chamasse daquela maneira na frente da Liga das Senhoras.

Pollyanna sabia que a Liga das Senhoras encontrava-se às duas horas na capela ao lado da igreja, a menos de oitocentos metros de distância de sua casa. Ela planejou sua ida, portanto, para que pudesse chegar lá um pouco antes das três.

— Quero que todas já estejam lá — disse para si mesma —, pois a que não estiver pode ser justamente aquela que ia querer dar um lar a Jimmy Bean; e, claro, duas horas quer dizer, na verdade, sempre três... para a Liga das Senhoras.

Em silêncio, mas com confiança e coragem, Pollyanna subiu as escadas da capela, empurrou a porta para abri-la e entrou no vestíbulo. Uma mistura de vozes femininas que conversavam e riam vinha da sala principal. Depois de curta hesitação, Pollyanna empurrou uma das portas internas.

A conversa tornou-se um silêncio surpreso. Tímida, Pollyanna avançou um pouco. Agora que tinha chegado o momento, sentia-se acanhada, contra a sua vontade. Afinal, o rosto meio estranho delas, meio familiar ao seu redor, não era da sua própria Liga das Senhoras.

— Como estão, Liga das Senhoras? — balbuciou educadamente. — Sou Pollyanna Whittier. Eu... eu acho que algumas das senhoras talvez me conheçam; de qualquer forma, eu as conheço, só que não todas juntas, dessa forma.

O silêncio era quase físico. Algumas das senhoras realmente conheciam a sobrinha um tanto extraordinária da colega, e quase todas tinham ouvido falar dela; mas nenhuma conseguia pensar em nada para dizer naquele momento.

— Eu... eu vim para apresentar um caso para as senhoras — após um momento Pollyanna gaguejou, caindo inconscientemente na fraseologia familiar de seu pai.

Houve um ligeiro farfalhar.

— Foi... foi a sua tia que a mandou, minha querida? — perguntou a sra. Ford, esposa do pároco.

Pollyanna corou um pouco.

— Ah, não. Eu vim sozinha. Sabem, estou acostumada com a Liga das Senhoras. Foi a Liga que me criou... com meu pai.

Alguém riu histericamente, e a esposa do pároco franziu a testa.

— Sim, querida. O que é?

— Bem, é... é o Jimmy Bean — suspirou Pollyanna. — Ele não tem nenhum lar exceto o orfanato, e lá eles estão lotados e não o querem, de qualquer forma, é assim que ele pensa; então quer outro lar, um lar comum, que tenha uma mãe em vez de uma responsável, uma família que se preocupe com ele, sabem? Ele tem 10 anos, vai fazer 11. Pensei que alguma das senhoras pudesse gostar dele... para viver junto...

— Não diga! — murmurou uma voz, quebrando a pausa atordoada que seguiu as palavras de Pollyanna.

Com olhos ansiosos, Pollyanna percorreu o círculo de rosto de todas ao seu redor.

— Oh, me esqueci de dizer: ele vai trabalhar — completou ansiosamente.

O silêncio continuou; em seguida, friamente, uma ou duas mulheres começaram a interrogá-la. Depois de um tempo, elas tinham a história completa e começaram a falar entre si, animadamente, em um tom não de todo agradável, no entanto.

Pollyanna escutava com crescente ansiedade. Algumas coisas que foram ditas, ela não podia entender. Depois de algum tempo, porém, conseguiu perceber que lá não havia nenhuma mulher que tivesse um lar a oferecer, embora cada uma parecesse pensar que alguma outra pudesse acolhê-lo, uma vez que havia várias que não tinham garotos pequenos em casa. Mas não houve nenhuma que tivesse concordado em ficar com ele. Então ela ouviu a esposa do pároco sugerir timidamente que talvez elas, como uma sociedade, pudessem assumir o sustento e a educação do menino, em vez de mandar tanto dinheiro para garotinhos da longínqua Índia.

Então, muitas das senhoras falaram, algumas ao mesmo tempo, ainda mais alto e de maneira mais desagradável do que antes. Parecia que a sociedade era famosa pelas doações para missões hindus, e várias disseram que poderiam ficar mortificadas se a quantia fosse menor naquele ano. Algo do que foi dito, Pollyanna pensou novamente não ter entendido, pois soava quase como se elas não se importassem com o que o dinheiro FAZIA, contanto que a soma da sociedade rival em um determinado "relatório" não passasse a "encabeçar a lista" e, claro, elas não poderiam querer dizer uma coisa dessas, de maneira alguma! Mas estava tudo muito confuso e não exatamente agradável, até que Pollyanna sentiu-se contente quando finalmente se encontrou lá fora, no ar doce e tranquilo... Contudo, sentia-se culpada: sabia que não ia ser nada fácil e que seria triste contar para Jimmy Bean que a Liga das Senhoras tinha decidido que era preferível mandar todo o dinheiro para educar meninos pequenos na Índia do que economizar o suficiente para criar um garotinho em sua própria cidade, pois não ganhariam "nenhum crédito no relatório", de acordo com a senhora alta que usava óculos.

— Não que não seja bom, é claro, mandar dinheiro para os pagãos, e eu não deveria desejar que elas não enviassem ALGUM para eles — suspirou Pollyanna para si mesma, enquanto se arrastava tristemente de volta. — Mas elas agiram como se os garotinhos DAQUI não tivessem valor, somente os de longe. PENSEI que elas preferissem ver Jimmy Bean crescer do que o relatório!

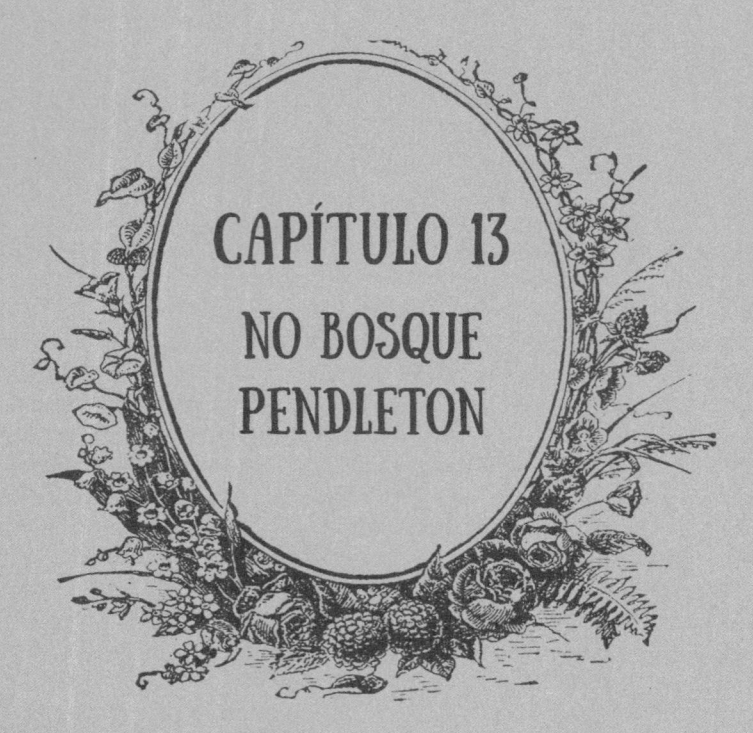

CAPÍTULO 13
NO BOSQUE PENDLETON

POLLYANNA não dirigiu seus passos em direção à casa quando deixou a capela. Em vez disso, foi para a colina Pendleton. Tinha sido um dia difícil, embora fosse "um feriado" (como denominava os raros dias em que não tinha lição alguma de costura ou culinária). Pollyanna tinha certeza de que nada lhe faria tão bem quanto uma caminhada pelo verde e tranquilo bosque Pendleton. Então, subiu a colina Pendleton, apesar do sol quente em suas costas.

— De qualquer forma, não preciso chegar em casa antes das cinco e meia — disse para si mesma —, e será muito melhor andar pelo caminho do bosque, mesmo que eu tenha de subir para chegar lá.

O bosque Pendleton era muito bonito, como Pollyanna sabia por experiência própria. Naquele dia, porém, ele parecia ainda mais agradável do que nunca, não obstante a decepção sobre o que deveria dizer no dia seguinte para Jimmy Bean.

— Queria que elas estivessem aqui em cima, todas aquelas senhoras que falavam tão alto — suspirou Pollyanna consigo mesma, erguendo o olhar para as manchas de um azul vívido em meio às copas de árvores iluminadas pelo sol. — De qualquer maneira, se elas

CAPÍTULO 13

estivessem aqui em cima, acho que mudariam de ideia e, com certeza, pegariam Jimmy Bean como caçula — concluiu, segura de sua convicção, mesmo não sabendo explicar a razão para si mesma.

De repente, Pollyanna ergueu a cabeça e escutou. Um cachorro latira a alguma distância à frente. No instante seguinte, ele foi correndo em sua direção, ainda latindo.

— Olá, cãozinho, olá! — Pollyanna estalou os dedos para o cão e olhou ansiosa o caminho. Tinha certeza de já ter visto o cachorro antes. Daquela vez ele estava com um homem, o sr. John Pendleton. Ela observava, esperando vê-lo. Por alguns minutos olhou ansiosamente, porém ele não apareceu. Então ela voltou sua atenção para o cachorro.

Este, conforme Pollyanna podia perceber, agia de modo estranho. Ainda latia, dando pequenos uivos, curtos e estridentes, como se estivesse em alerta. Corria também para trás e para a frente pela trilha à frente. Logo, alcançaram uma trilha lateral, pela qual o cãozinho acelerou, para voltar, uivando e latindo.

— Oh! Esse não é o caminho para casa — riu Pollyanna, continuando ainda na trilha principal.

Agora o cachorrinho parecia estar frenético. Ia para a frente, para trás, para frente, para trás, entre Pollyanna e a trilha lateral; ele vibrava, latindo e ganindo penosamente. Cada estremecimento de seu corpinho marrom e cada olhar de seus olhos escuros suplicantes apelavam com eloquência, tanta eloquência que finalmente Pollyanna entendeu, virou-se e o seguiu.

O cãozinho arrancou loucamente para a frente e não demorou muito até Pollyanna encontrar a razão: um homem jazia imóvel ao pé de uma massa íngreme de rocha, que pendia a poucos metros da trilha lateral.

Um galho estalou fortemente sob os pés de Pollyanna, e o homem virou a cabeça. Com um grito de consternação, Pollyanna correu para seu lado.

— Sr. Pendleton! Oh, está machucado?

— Machucado? Oh, não! Estou apenas tirando uma soneca ao sol — rosnou o homem em resposta irritada. — Escuta aqui, o que você sabe? O que consegue fazer? Você tem algum juízo?

Pollyanna prendeu a respiração com um pequeno soluço, mas como era seu hábito, respondeu às perguntas literalmente, uma por uma.

— Ora, sr. Pendleton, eu... eu não sei tanto assim, e não posso fazer muitas coisas; mas a maioria das pessoas da Liga das Senhoras, exceto a sra. Rawson, disse que eu tinha muito juízo. Eu as ouvi dizer isso um dia, mas elas não sabiam que eu estava escutando.

O homem sorriu com uma careta.

— Está bem, está bem, criança, desculpe-me. É essa minha perna desgraçada. Agora ouça — ele fez uma pausa e com alguma dificuldade esticou a mão até o bolso das calças e extraiu um molho de chaves, escolhendo uma com o polegar e o indicador. — Siga em linha reta por aquele caminho; a cerca de cinco minutos a pé, fica a minha casa. Esta chave vai deixá-la entrar pela porta lateral que tem embaixo do pórtico. Você sabe o que é um pórtico?

— Ah, sim, senhor. Titia tem um, com um solário envidraçado por cima. No teto desse solário eu dormi uma vez, só que não dormi, sabe. Eles me encontraram.

— Hã? Oh! Bem, quando entrar na casa, vá direto pelo vestíbulo e o saguão até a porta dos fundos. Sobre a mesa grande, que fica no meio do quarto, você encontrará um telefone. Você sabe usar um telefone?

— Oh, sim, senhor! Ora, uma vez, quando a tia Polly...

— Não importa a tia Polly agora — interrompeu o homem, carrancudo, tentando se mover um pouco.

— Procure o número do doutor Thomas Chilton na lista, você encontrará em algum lugar por ali... deveria estar no gancho do lado, mas provavelmente não está. Acho que você saberá o que é uma lista de telefones, assim que ver uma.

— Oh, sim, senhor! Eu simplesmente adoro a da tia Polly. Tem um monte de nomes esquisitos, e...

— Diga para o dr. Chilton que John Pendleton está ao pé da rocha da Pequena Águia no bosque Pendleton, com uma perna quebrada, para ele vir imediatamente com uma maca e dois homens. Ele saberá o que fazer. Diga-lhe para vir pela trilha que vem da casa.

— Uma perna quebrada? Oh, sr. Pendleton, que horrível! — estremeceu Pollyanna. — Mas estou tão contente por ter vindo! Será que posso...

— Sim, você pode, mas evidentemente não irá fazer! Vá e faça o que estou pedindo e pare de falar — o homem pediu com um fraco lamento. E com um grito entrecortado pelo soluço, Pollyanna partiu.

CAPÍTULO 13

A menina não parou nem para olhar para as manchas azuis entre o topo das árvores cobertas de sol. Mantendo os olhos no chão para ter certeza de que nenhum galho e nenhuma pedra levariam seus pés apressados a um tropeço.

Não demorou muito antes de ela avistar a casa. Já a vira antes, mas nunca tão perto. Ela estava quase com medo diante da solidez da pilha grande de pedras cinzas, com suas varandas com pilares e sua entrada imponente. Parando apenas um momento, no entanto, acelerou pelo grande gramado abandonado e em torno da casa até a porta lateral sob o pórtico. Seus dedos, rígidos de tanto apertarem as chaves, eram tudo, menos hábeis em seu esforço para girar a tranca na fechadura; mas, finalmente, a pesada porta trabalhada cedeu lentamente sobre as dobradiças.

Pollyanna inspirou fundo. Apesar de seu sentimento de pressa, parou por um momento e olhou temerosa pelo vestíbulo na direção do amplo e sombrio saguão à frente; seus pensamentos estavam em turbilhão. Aquela era a casa de John Pendleton; a casa do mistério; a casa onde ninguém jamais entrara a não ser o seu senhor; a casa que abrigava, em algum lugar... um esqueleto. E ela, Pollyanna, tinha de entrar sozinha naqueles quartos assustadores e relatar pelo telefone para o médico que o senhor da casa jazia nesse momento...

Com um pequeno grito, sem olhar para a direita, nem para a esquerda, Pollyanna correu rápido pelo *hall* até a porta nos fundos e a abriu.

A sala era grande e sombria, com madeira escura e tapeçaria pendurada, como no saguão; porém o sol penetrava pela janela do lado oeste, uma longa nesga de ouro sobre o chão, brilhando sobre a grelha de bronze manchado na lareira e tocando o níquel do telefone sobre a mesa grande no meio da sala. Foi na direção da mesa, apressando-se na ponta dos pés.

A lista de telefones não estava em seu gancho, mas no chão. Pollyanna a encontrou e pôs-se a correr com o indicador trêmulo à procura de "Chilton" em C. Logo encontrou o dr. Chilton em pessoa do outro lado da linha e lhe transmitiu, trêmula, a mensagem, respondendo às perguntas concisas e pertinentes do médico. Feito isso, ela desligou o telefone, dando um longo suspiro de alívio.

Com apenas um breve relance ao seu redor, pôde vislumbrar com uma visão confusa cortinas de cor carmesim, paredes revestidas de livros, piso sujo, uma escrivaninha desarrumada, inúmeras portas fechadas (algumas das quais poderia ocultar um esqueleto) e, em todos os lugares, pó, pó e mais pó; Pollyanna correu de volta pelo saguão em direção à grande porta entalhada, que permanecera semiaberta, como a havia deixado.

No que pareceu, até mesmo para o homem ferido um tempo incrivelmente curto, Pollyanna estava de volta ao bosque, ao seu lado.

— Então, qual é o problema? Não conseguiu entrar?— indagou com voz exigente.

Pollyanna arregalou os olhos.

— Ora, claro que sim! Estou AQUI — respondeu. — Não estaria aqui se não tivesse entrado! E o médico chegará tão logo quanto possível com os homens e as coisas. Ele disse que sabia exatamente onde o senhor estava, por esse motivo não fiquei lá para lhe mostrar. Eu queria ficar com o senhor.

— Sério? — sorriu o homem, sombrio. — Bem, não posso dizer que admire o seu gosto. Acho que você podia encontrar companhias mais agradáveis.

— O senhor quer dizer... por ser tão rabugento?

— Obrigado pela franqueza. Sim.

Pollyanna riu suavemente.

— Mas o senhor somente é rabugento POR FORA. Por dentro o senhor não é nem um pouco rabugento!

— Não diga! Como sabe isso? — perguntou o homem, tentando mudar a posição da cabeça sem mover o restante do corpo.

— Oh, de muitas formas; então, assim... como o senhor age com o cachorro — acrescentou, apontando para a mão longa e delgada que repousava sobre a cabeça elegante do cão perto dele. — É engraçado como cachorros e gatos conhecem o interior da gente melhor do que outras pessoas, não é? Vou segurar sua cabeça — concluiu abruptamente.

O homem contraiu-se diversas vezes e até gemeu uma vez, suavemente, enquanto a mudança estava sendo feita. Contudo, finalmente, considerou que o colo de Pollyanna era um substituto muito bem-vindo para a cavidade rochosa, onde sua cabeça estivera deitada antes.

CAPÍTULO 13

— Bem, isso é melhor — murmurou sem forças.

Por um tempo ele não tornou a falar.

Observando seu rosto, Pollyanna se indagava se estaria dormindo; mas não achava que estivesse. Parecia que apertava os lábios para reprimir gemidos de dor. A própria Pollyanna estava quase chorando alto, quando olhava seu corpo forte e grande deitado ali tão indefeso. Uma mão, com os dedos firmemente cerrados, permanecia atirada sem movimento. A outra, aberta, repousava flácida sobre a cabeça do cão. Esse também permanecia imóvel, com olhos melancólicos e ansiosos no rosto do dono.

Minuto a minuto, o tempo passou. O sol desceu mais baixo no oeste, fazendo as sombras crescerem mais profundamente sob as árvores.

Pollyanna permanecia tão quieta que parecia não respirar. Um pássaro pousou sem medo ao alcance da mão, e um esquilo, sentado em um galho de árvore, moveu rapidamente sua cauda peluda, quase debaixo de seu nariz, observando ao mesmo tempo o cachorro imóvel com seus olhinhos brilhantes.

Finalmente, o cão levantou as orelhas em alerta, ganindo baixinho; então, deu um latido curto, estridente. No momento seguinte, Pollyanna ouviu vozes, logo vendo surgir os proprietários: três homens carregando uma maca e vários outros apetrechos.

O mais alto do grupo, um homem bem barbeado de olhos bondosos, que Pollyanna conhecia de vista como dr. Chilton, aproximou-se alegremente.

— Então, minha pequena dama, brincando de enfermeira?

— Oh, não senhor — Pollyanna sorriu. — Apenas segurei a cabeça dele, não lhe dei nenhum remédio. Mas estou feliz por estar aqui.

— Eu também — assentiu o médico, voltando sua atenção para o homem ferido.

CAPÍTULO 14

SOMENTE UMA QUESTÃO DE MOCOTÓ

NA NOITE do acidente de John Pendleton, Pollyanna chegou um pouco atrasada para o jantar; porém, devido ao acontecido, ela escapou da reprovação.

Nancy a esperava à porta.

— Bem, se não *tou* contente de *botá* meus olhos *n'ocê*! — suspirou, mostrando óbvio alívio. — São seis e meia!

— Sei disso — admitiu Pollyanna, ansiosa —, mas não tenho culpa, de verdade, não tenho. E não acho que tia Polly dirá que tenho, tampouco.

— Ela não terá essa chance — retorquiu Nancy, com enorme satisfação. — Ela foi embora.

— Foi embora! — exclamou Pollyanna. — Você não está querendo dizer que eu a fiz ir embora? — Naquele momento, na mente de Pollyanna, passaram as memórias cheias de remorso da manhã, com o garoto indesejado, a questão do gato e do cachorro, seus comentários nada bem-vindos de "contente" e "pai" que saltavam de sua boca um pouco esquecida. — Oh, eu NÃO a fiz ir embora, fiz?

— Você não fez nada — zombou Nancy. — Uma prima de Boston morreu de repente e ela teve de ir. Ela recebeu um daqueles *telegrama*

CAPÍTULO 14

amarelu depois que *ocê* saiu essa tarde, e não deverá voltar antes de três dias. Agora acho que podemos *ficá* contentes. Vamos cuidar da casa juntas, só eu e *ocê*, *todu* o tempo. Nós vamos, vamos sim!

Pollyanna olhou-a em choque.

— Contentes! Oh, Nancy, pelo enterro!

— Oh, *num* é *pelu'interro* que fiquei contente, srta. Pollyanna. Foi... — estacou Nancy. Um brilho astuto surgiu em seus olhos: — Ora, srta. Pollyanna, se não foi *ocê* mesma que *mi'nsinou* a *jogá*! — reprovou com gravidade.

Pollyanna franziu a testa em uma carranca preocupada.

— Não consigo evitar, Nancy — argumentou, balançando a cabeça. — Deve ser porque há coisas com as quais não é certo brincar... e tenho certeza de que enterro é uma delas. Não há nada em um enterro para se ficar contente.

Nancy riu.

— Podemos *ficá contente qui* não é o *nossu* — observou com modéstia. Pollyanna, porém, não escutou. Ela começou a contar sobre o acidente, e Nancy, de boca aberta, passou a ouvi-la.

Na tarde seguinte, Pollyanna encontrou Jimmy Bean no lugar combinado. Como era de se esperar, claro, Jimmy mostrou uma grande decepção com o fato de a Liga das Senhoras preferir um garotinho da Índia em vez dele mesmo.

— Pode ser que seja normal — suspirou. — É claro que as coisas sobre as quais não se sabe sempre são melhores do *qui* as *conhecida*, o *pedacinhu* no outro *ladu du pratu* do vizinho sempre parece ser o *maió*. Eu queria *parecê* assim *pra* alguém. Não seria *ótimu* se alguém agora na Índia ME quisesse?

Pollyanna bateu palmas.

— Ora, é claro! Essa é a ideia, Jimmy! Vou escrever para a minha Liga das Senhoras sobre você. Elas não estão lá longe, na Índia, apenas no oeste, mas isso é muito longe da mesma forma. Acho que você também pensaria assim, se viesse até aqui como eu fiz!

O rosto de Jimmy se iluminou.

— Você pensa que elas iriam... de verdade... ficar comigo? — perguntou.

— Claro que iriam! Elas não buscam garotinhos na Índia para criar? Então, elas podem fazer de conta que você é um garotinho da Índia dessa vez. Acho que você está longe o suficiente para fazer parte de um relatório. Você vai ver. Vou escrever para elas. Vou escrever para a sra. White. Não, para a sra. Jones. A sra. White tem mais dinheiro, mas a sra. Jones costuma doar mais, o que é meio engraçado, não é, quando você pensa nisso! Acho que alguma das senhoras vai ficar com você.

— Está bem, mas não *esi'queça* de *dizê* que vou *trabalhá* para *pagá* pela casa e comida — acrescentou Jimmy. — Não sou *pedinti* e acho *qui* negócio é negócio, *mesmu* com a Liga das Senhoras. — Ele ficou quieto e então acrescentou com hesitação: — E acho que é melhor eu ficar onde eu estava até que você tenha a resposta.

— Claro — concordou Pollyanna enfática. — Assim saberei onde encontrá-lo. Você está bastante longe delas, mas alguma delas irá ficar com você. Por acaso a tia Polly não pegou... — interrompeu-se de repente — SERÁ que a tia Polly me pegou porque sou como se fosse da Índia?

— Ora, que ideia — zombou Jimmy, virando-se e partindo.

Certa manhã, cerca de uma semana após o acidente no bosque dos Pendleton, Pollyanna disse à tia:

— Tia Polly, você se incomodaria muito se eu levasse essa semana o mocotó da sra. Snow para outra pessoa? Estou certa de que ela não se incomodaria, afinal, é apenas desta vez.

— Oh, céus, Pollyanna, o que você está inventando DESTA VEZ? — suspirou a tia. — Você é realmente uma criança extraordinária!

— Tia Polly, por favor, o que significa extraordinária? Se você é EXTRAordinária, não pode ser ordinária, ou pode?

— Não, certamente que não.

— Ah, está bem então. Estou contente por ser EXTRAordinária — suspirou Pollyanna, com o rosto radiante. — Sabe, a sra. White costumava dizer que a sra. Rawson era uma mulher muito ordinária e ela a detestava, o que era um horror. Estavam sempre brig... quero dizer, papai tinha... quero dizer, NÓS tivemos mais dificuldades para manter a paz entre elas, do que entre o restante das senhoras da Liga — corrigiu Pollyanna, um pouco sem fôlego por causa do esforço de manobrar entre a cruz e a espada, das exigências de seu pai no passado em relação às brigas entre párocos e das exigências atuais da tia de não mencionar o pai.

— Sim, sim, bem, não importa — interpôs tia Polly um pouco impaciente. — Você continua fazendo assim, Pollyanna, e não importa sobre o que estiver falando, você sempre volta a falar dessa Liga das Senhoras!

CAPÍTULO 14

— Sim, senhora — sorriu Pollyanna alegre — acho que eu faço isso, pode ser. Mas é que elas me criavam e...

— Agora chega, Pollyanna — interrompeu a tia friamente. — Agora, o que há com esse mocotó?

— Nada de verdade, tia Polly, que a incomode, tenho certeza. A senhora me deixou levar o mocotó para ELA, então acho que deixará que eu leve para ELE, desta vez. Veja, pernas quebradas não são como... como invalidez perpétua, portanto, a dele não vai durar para sempre, como a da sra. Snow, e ela pode ter todas as outras coisas uma vez ou duas.

— Para ele? Pernas quebradas? A respeito do que está falando, Pollyanna?

Pollyanna parou, então, seu rosto relaxou.

— Oh, esqueci. Acho que a senhora não sabia. Então, aconteceu no dia em que a senhora estava fora, sabe? Foi no dia em que partiu; eu o encontrei no bosque e tive de destrancar a casa e telefonar para os homens e o médico, e segurar a cabeça dele, e tudo o mais. E, claro, eu fui embora e não o vi desde então. Mas quando Nancy preparou o mocotó para a sra. Snow esta semana, pensei como seria bom se eu pudesse levar um pouco para ele em vez de para ela, apenas desta vez. Eu posso, tia Polly?

— Sim, sim, suponho que sim — concordou tia Polly, um tanto cansada. — Quem você disse que ele era?

— O Homem, quero dizer, o sr. John Pendleton.

A srta. Polly quase saltou de sua cadeira.

— JOHN PENDLETON!

— Sim. Nancy me disse seu nome. Talvez o conheça.

A srta. Polly não respondeu. Em vez disso, perguntou:

— VOCÊ o conhece?

Pollyanna assentiu.

— Oh, sim. Ele sempre conversa e sorri... agora. Ele somente é rabugento POR FORA, sabe? Vou pegar o mocotó. Nancy tinha quase terminado quando entrei — concluiu Pollyanna, já a meio caminho de deixar a sala.

— Pollyanna, espere! — a voz de tia Polly de repente ficou severa. — Mudei de ideia. Prefiro que a sra. Snow receba o seu mocotó como de costume. Isso é tudo. Você pode ir agora.

O queixo de Pollyanna caiu.

— Ah, mas tia Polly, ELA vai ficar doente por muito tempo. Ela pode sempre estar doente e ter as coisas, mas no caso dele é apenas uma perna quebrada, isto não vai durar, quero dizer, a quebra. Ele está assim há uma semana inteira agora.

— Sim, eu me lembro. Ouvi dizer que o sr. John Pendleton sofreu um acidente — disse, um tanto dura — mas... eu não gostaria de mandar mocotó para John Pendleton, Pollyanna.

— Eu sei, ele é rabugento... por fora — admitiu Pollyanna, triste. — Então, imagino que a senhora não goste dele. Mas eu não diria que foi a senhora que mandou. Diria que fui eu. Gosto dele. Gostaria de levar o mocotó para ele.

A srta. Polly começou a balançar a cabeça de novo. Então, parou de repente e perguntou com uma voz curiosamente baixa:

— Ele sabe quem você é, Pollyanna?

A menina pequena suspirou.

— Acho que não. Eu lhe disse o meu nome uma vez, mas ele nunca me chama pelo nome... nunca.

— Ele sabe onde você mora?

— Ah, não. Eu nunca lhe contei.

— Então ele não sabe que você é... minha sobrinha?

— Acho que não.

Houve silêncio por um momento.

A srta. Polly estava olhando para Pollyanna com olhos que pareciam não vê-la. A menininha mudava com impaciência de um pezinho para o outro, suspirando ruidosamente. Então a srta. Polly como que voltou de seu sonho.

— Muito bem, Pollyanna — falou finalmente e, pela segunda vez falou com uma doçura incomum: — Pode levar o mocotó para o sr. Pendleton. Mas lembre-se: esse mocotó que você está levando é da sua parte, não da minha. Faça todos os esforços para que ele não pense que fui eu!

— Sim, senho... não, senhora... obrigada, tia Polly! — exultou Pollyanna, deixando a sala em um piscar de olhos.

CAPÍTULO 15

DOUTOR CHILTON

DESTA VEZ a imensa pilha de alvenaria pareceu diferente para Pollyanna, quando fez a segunda visita à casa do sr. John Pendleton. As janelas estavam abertas, uma senhora de idade pendurava roupas no quintal de trás e a charrete do doutor estava estacionada sob o pórtico.

Como da primeira vez, Pollyanna dirigiu-se para a porta lateral. Tocou o sino: seus dedos já não estavam rígidos por apertar um molho de chaves.

Um cachorrinho familiar desceu correndo a escada até ela para cumprimentá-la. A senhora que pendurava as roupas, porém, pareceu demorar um pouco para abrir a porta.

— Desculpe, por favor, eu trouxe mocotó para o sr. Pendleton — sorriu Pollyanna.

— Obrigada — disse a criada idosa, esticando a mão para a tigela que a garotinha segurava. — O que digo para o sr. Pendleton? De quem é o mocotó?

O médico entrou nesse momento no saguão. Ouvira as palavras da criada e percebera o desapontamento no rosto de Pollyanna. Rapidamente, adiantou-se:

— Ah! Mocotó? — perguntou alegremente. — Que ótimo! Quem sabe você gostaria de visitar o nosso doente, que tal?

— Oh, sim, senhor — o sorriso iluminou Pollyanna. A senhora, em obediência ao aceno do doutor, mostrou imediatamente o caminho pelo saguão, embora seu rosto demonstrasse clara surpresa.

Atrás do médico um homem jovem (um enfermeiro treinado da cidade mais próxima) exclamou perturbado:

— Mas, doutor, por acaso o sr. Pendleton não deu ordens para que ninguém entrasse?

— Ah, sim — acenou o médico imperturbável. — Mas eu estou dando ordens agora, vou correr o risco. — E acrescentou com ar de quem trama algo: — Você não sabe, é claro, mas essa menininha é melhor do que qualquer remédio tonificante do mundo! Se alguém é capaz de tirar John Pendleton do estado depressivo esta tarde, é ela. Por essa razão eu a mandei entrar.

— E quem é ela?

Por um breve momento o médico hesitou.

— Ela é sobrinha de uma das mais conhecidas moradoras da cidade. Seu nome é Pollyanna Whittier. Eu... eu não conheço bem a jovem senhorita, mas muitos de meus pacientes a conhecem, devo reconhecer com gratidão.

O enfermeiro sorriu.

— Não diga! E quais são esses ingredientes especiais que produzem tais milagres?

O doutor balançou a cabeça.

— Não sei. De acordo com os meus pacientes, ela pode encontrar alegria em tudo o que acontece, ou irá acontecer. De qualquer forma, suas falas engraçadas são constantemente repetidas para mim, e pelo que entendi, as palavras "ficar contente apenas" são repetidas a todo momento. Pena — continuou com um sorriso maroto, saindo para a varanda —, que não posso prescrevê-la como receita e comprá-la, como faço com uma caixa de comprimidos. Apesar de que, se existirem muitas como ela, você e eu teremos de vender pastéis na feira ou fazer jardins, depois de perdermos nosso salário de enfermeiro e médico — disse ele, apanhando os arreios e subindo na charrete.

CAPÍTULO 15

Enquanto isso, Pollyanna era levada pela criada para as acomodações de John Pendleton, em cumprimento às ordens do doutor.

Seu caminho atravessava a mesma biblioteca no fim do saguão, e, embora tivesse sido rápido, Pollyanna pôde ver que o lugar passara por grandes mudanças. As paredes forradas de livros e as cortinas carmesim estavam lá, mas não havia mais sujeira no chão, e a escrivaninha apresentava uma arrumação impecável e sem poeira. A lista telefônica estava pendurada em seu lugar, e o cobre da grade da lareira tinha sido polido. Uma das portas misteriosas agora estava aberta e foi para lá que a criada a conduziu. No momento seguinte, Pollyanna viu-se em um quarto de dormir com mobília suntuosa, enquanto a criada dizia com voz assustada:

— Desculpe, senhor, aqui... aqui está uma menininha com mocotó. O doutor disse que eu... eu deveria trazê-la até o senhor.

No momento seguinte, Pollyanna se viu sozinha com um homem com aparência muito zangada, deitado na cama, de barriga para cima.

— Escute aqui, eu não... — ouviu-se uma voz rude. — Ah, é você! — interrompeu-se não muito satisfeito ao ver Pollyanna aproximar-se da cama.

— Sim, senhor! — sorriu ela. — Estou tão contente que me deixaram entrar! Sabe, no começo a senhora quase levou meu mocotó, tive medo de que não pudesse ver o senhor. Então veio o doutor e disse que eu podia entrar. Ele não foi maravilhoso por ter deixado que eu o visse?

Ele grunhiu de maneira vaga, mas seus lábios estenderam-se em um sorriso contrariado.

— E eu trouxe um pouco de mocotó — concluiu Pollyanna — de vitela. Espero que o senhor goste — havia esperança em sua voz.

— Nunca experimentei — o sorriso fugaz já desaparecera, a expressão sombria voltou a tomar conta do rosto.

Por um breve instante o semblante de Pollyanna mostrou decepção, que desapareceu, no entanto, assim que colocou a tigela no criado-mudo.

— Não, mesmo? Bem, se não experimentou, então não pode saber se gosta ou não, não é? Então fico feliz que o senhor não sabe, porque se soubesse...

— Sim, sim, e tem uma coisa que sei no momento. Sou obrigado a ficar jogado aqui neste momento, e continuarei assim até o Juízo Final, parece.

Pollyanna pareceu chocada.

— Claro que não! Não é possível esperar na cama o dia do Juízo Final, sabe, até quando o arcanjo Gabriel tocar a trombeta, a não ser que isso aconteça antes do que nós pensamos... é claro, eu sei que está escrito na Bíblia, que pode vir antes do que pensamos, mas não acho que isso vá acontecer... quero dizer... é claro que eu acredito na Bíblia, mas quero dizer que não penso que venha muito antes do que deveria, e...

John Pendleton caiu em uma gargalhada repentina e sonora. O enfermeiro, que estava entrando naquele momento, ouviu a risada e apressou-se a bater em retirada, mas em silêncio. Tinha um ar de cozinheiro assustado, que ao prever o perigo de uma rajada de vento frio sobre um bolo semipronto, fecha rapidamente a porta do forno.

— Acho que você se confundiu um pouco, não? — perguntou John Pendleton para Pollyanna.

A menininha riu também.

— Talvez. Mas o quero dizer é que pernas não ficam quebradas por muito tempo, sabe... como para algumas pessoas inválidas que ficam a vida toda deitadas na cama, como a sra. Snow. Portanto, a sua não vai ficar assim até o Juízo Final. Acho que o senhor devia ficar contente por esse motivo.

— Ah, mas eu fico — retorquiu o homem taciturno.

— E o senhor quebrou apenas uma perna. Pode alegrar-se por não ter sido as duas — animou-se Pollyanna, sentindo que atingia seu objetivo.

— Claro, tão afortunado! — soluçou o homem, erguendo as sobrancelhas. — Desse ponto de vista deveria ficar contente por não ser uma centopeia e por não ter quebrado todas as cinquenta pernas!

Pollyanna deu uma risadinha.

— Essa foi ótima — disse alegremente. — Sei o que é uma centopeia. Elas têm muitas pernas. E o senhor pode ficar contente...

— Oh, sim, é claro — o homem interrompeu-a bruscamente, e todo o antigo amargor voltou à sua voz —, posso ficar contente também por todo o resto, eu acho: o enfermeiro e o médico, e, principalmente, por aquela maldita mulher na cozinha!

— Ora, claro, senhor! Pense como seria ruim se o senhor NÃO os tivesse!

— O quê, eu? — provocou brusco.

— Ora, digo, pense como seria ruim se o senhor não os tivesse... e o senhor tendo de ficar deitado assim...

— Como se não fosse o âmago da questão — retorquiu o homem — que estou deitado aqui assim! E ainda você espera que eu diga que estou contente porque uma mulher idiota coloca a minha casa de cabeça para baixo e ainda chama isso de "arrumação", e porque um homem, que é conivente em tudo com ela, chama seu trabalho de "cuidados ao doente", sem falar do doutor que dirige a mulher e o enfermeiro. E toda essa equipe espera que eu lhes pague por isso e, ainda por cima, bem!

Pollyanna franziu a testa com simpatia.

— Sim, eu sei. ISSO é muito difícil, no caso do dinheiro. Especialmente porque o senhor economizou por tanto tempo!

— Eu? O quê?

— Economizou dinheiro, comprando feijão e almôndegas de peixe. Por acaso o senhor gosta realmente de feijão? Ou o senhor prefere peru, mas não compra porque custa uma fortuna?

— Do que você está falando, criança?

Pollyanna sorriu, radiante.

— Sobre o seu dinheiro. Sabe... negar coisas para si e economizar para os pagãos. Veja, eu descobri isso. Nancy me contou tudo e então eu entendi que o senhor não é nada rabugento.

O queixo do homem caiu.

— Nancy lhe disse que eu estava economizando dinheiro para os... e quem é Nancy, posso saber?

— A nossa Nancy. Ela trabalha para a tia Polly.

— Tia Polly! E quem é tia Polly?

— É a srta. Polly Harrington. Moro com ela.

O homem moveu-se de repente.

— Srta... Polly... Harrington! — sussurrou. — Você vive com ELA!

— Sim, sou sua sobrinha. Ela me pegou para criar, por causa da minha mãe, sabe? — Pollyanna respondeu baixinho com insegurança.

— Eram irmãs. E depois que o papai foi morar com ela e as outras crianças no Céu, não sobrou ninguém aqui, além da Liga das Senhoras. Então tia Polly me trouxe para sua casa.

O homem permaneceu deitado sobre o travesseiro em silêncio. Seu rosto estava muito pálido, tão pálido que Pollyanna ficou assustada. Ela ergueu-se ainda insegura.

— Talvez seja melhor eu ir embora agora — propôs. — Espero que o senhor tenha gostado do mocotó.

O sr. Pendleton virou a cabeça de repente e abriu os olhos. Havia saudade tão profunda neles que até Pollyanna percebeu, o que a fez ficar maravilhada.

— Então você é... sobrinha da srta. Polly Harrington — disse suavemente.

— Sim, senhor.

Os olhos do homem ainda se detinham sobre o rosto de Pollyanna, até que ela sentiu-se vagamente inquieta e murmurou:

— Acho... acho que o senhor a conhece.

Os lábios de John Pendleton curvaram-se em um sorriso estranho.

— Oh, sim, eu a conheço — ele hesitou e prosseguiu, mantendo aquele sorriso curioso. — Mas... não vai me dizer que foi a srta. Polly que mandou o mocotó? — indagou lentamente.

Pollyanna pareceu angustiada.

— Não... não foi ela. Ela me disse que preciso fazer o possível para o senhor não pensar que foi ela. Mas eu...

— Foi o que imaginei! — interrompeu o sr. Pendleton, virando rapidamente a cabeça para o outro lado. Muito aflita, Pollyanna saiu do quarto na ponta dos pés.

Ela encontrou o médico sob o pórtico, esperando em sua charrete. O enfermeiro estava parado no degrau.

— Bem, srta. Pollyanna, posso ter o prazer de levá-la para casa? — perguntou o médico sorrindo. — Já estava indo embora, mas depois pensei que podia esperar por você.

— Obrigada, senhor. Fico contente que tenha me esperado. Adoro andar de charrete — ela iluminou-se aceitando a mão que se esticava para ajudá-la.

— Verdade? — sorriu o médico, acenando em despedida para o homem jovem no degrau. — Pelo que parece existem muitas coisas que você "adora" fazer, não é? — acrescentou, acelerando pelo caminho.

Pollyanna riu.

— Bem, não sei. Talvez existam — admitiu. — Acho que gosto de VIVER. Mas é claro que existem coisas de que não gosto muito... costurar, ler alto, coisas assim. Mas essas coisas NÃO são VIVER.

— Não? E o que são, então?

— Tia Polly diz que são coisas de "aprender a viver" — suspirou Pollyanna com um sorriso triste.

O médico sorriu de forma misteriosa.

— É mesmo? Achei que ela diria exatamente isso.

— Sim — respondeu Pollyanna. — Mas eu não vejo as coisas dessa forma, de jeito nenhum. Não acho que você tem de APRENDER a viver. Pelo menos eu não tive.

O doutor deu um longo suspiro.

— Afinal de contas, temo que alguns de nós precisemos, pequenina — comentou ele. Então, por um tempo permaneceu calado. Pollyanna olhou-o sorrateiramente, sentindo pena dele. Ele parecia muito triste. E ela, desconsertada, desejou fazer alguma coisa. Talvez isso a tenha feito falar com uma voz tímida:

— Doutor Chilton, parece que o senhor tem o tipo de trabalho mais contente que existe.

O médico virou-se surpreso.

— O mais contente? Como assim? Vejo tanto sofrimento, em todos os lugares que vou! — exclamou.

— Eu sei — assentiu ela — mas o senhor AJUDA os que sofrem, percebe? E, é claro, deve ficar contente por ajudar! E isso faz do senhor a pessoa mais contente de todos nós, o tempo todo.

De repente, os olhos do médico encheram-se de lágrimas. Sua vida era terrivelmente solitária. Não possuía esposa nem lar, salvo seu consultório de dois cômodos em uma pensão. Amava sua profissão. Olhando dentro dos olhos brilhantes de Pollyanna, sentiu como se uma mão amorosa tivesse pousado sobre sua cabeça em uma benção. Soube, então, que nunca mais um dia longo de trabalho ou o cansaço de uma longa noite iriam fazê-lo esquecer aquela recém-encontrada exaltação vinda por meio dos olhos de Pollyanna.

POLLYANNA

— Deus a abençoe, pequenina — disse pensativo. Em seguida, acrescentou com aquele sorriso aberto que seus pacientes conheciam tão bem e tanto amavam: — Penso que, afinal, o médico também precisa de um gole do tônico revitalizante, tanto quanto os pacientes! — suas palavras intrigaram muito Pollyanna, até que um esquilo que atravessava a rua desviou seu pensamento.

O médico deixou Pollyanna na porta da casa dela e sorriu para Nancy, que estava varrendo a entrada da varanda, afastando-se rapidamente com sua charrete.

— Fiz um passeio tão bom com o doutor! — anunciou Pollyanna, pulando pelas escadas. — Ele é tão simpático, Nancy!

— É mesmo?

— Sim. E eu lhe disse que acho o trabalho dele o mais alegre que existe.

— O quê? Visitar pessoas doentes e as que não estão doentes e pensam que estão, não sei o que é pior! — o rosto de Nancy demonstrava óbvio ceticismo.

Pollyanna riu exultante.

— Sim, ele me disse quase o mesmo, também; mas existe uma forma de ficar contente mesmo assim. Adivinhe!

Nancy franziu a testa, meditando. Ela estava ficando afiada nesse jogo de "ficar contente". Até gostava de encontrar saídas daquilo que ela chamava de charadas da menininha.

— Oh, já sei — anunciou. — É exatamente o contrário do que *ocê falô pra* sra. Snow.

— Contrário? — repetiu Pollyanna, claramente intrigada.

— Sim. *Ocê* disse *pra* ela se *alegrá* porque outras pessoas não eram como ela, doentes, sabe?

— Sim — concordou Pollyanna.

— Ora, o *dotô* pode ficar contente *purque* ele não é igual às outras pessoas, as doentes, quero dizer, as que ele trata — concluiu Nancy em triunfo.

Era a vez de Pollyanna franzir a testa.

— Bem, s... sim — admitiu. — Claro que essa É uma forma, mas não a que eu falei. E de alguma forma, não gosto nada disso. O dr. Chilton nunca podia ter dito que ficava contente porque eles estavam DOENTES, mas... você joga de uma forma tão engraçada, Nancy — suspirou e entrou na casa.

Pollyanna encontrou sua tia na sala de estar.

— Quem era aquele homem, aquele que a trouxe para cá, Pollyanna? — foi a pergunta seca da dama.

— Ora, tia Polly, era o dr. Chilton! Você não o conhece?

— Dr. Chilton? O que ele estava fazendo... aqui?

— Ele me trouxe para casa. Ah, eu entreguei o mocotó para o sr. Pendleton e...

A srta. Polly ergueu rapidamente a cabeça.

— Pollyanna, ele não acha que fui eu quem mandou?

— Oh, não, tia Polly. Eu lhe disse que não foi você.

O rosto da srta. Polly ficou rubro de repente.

— Você DISSE a ele que não fui eu?!

Pollyanna esbugalhou os olhos diante do desânimo na voz da tia.

— Ora, tia Polly, foi a SENHORA que me pediu!

Tia Polly suspirou.

— Eu DISSE, Pollyanna, que não o mandei, e que fizesse o possível para ele não pensar que eu FIZ isso... o que é bem diferente de DIZER na cara dele que eu não o mandei — virou-se rancorosa e saiu.

— Ai, Deus! Bem, não vejo onde está a diferença — suspirou Pollyanna, indo pendurar seu chapéu exatamente naquele gancho em que tia Polly disse que devia ser pendurado.

CAPÍTULO 16
A ROSA VERMELHA E O XALE DE RENDA

MAIS OU MENOS uma semana depois que Pollyanna visitara o sr. John Pendleton, em um dia chuvoso, Timothy levou a srta. Polly à reunião da comissão da Liga das Senhoras. Ao retornar, às três horas, suas faces estavam brilhantes e rosadas, e o penteado fora destruído pelo vento úmido, que penetrara em seus caracóis e deixara os grampos frouxos nos lugares onde encontrara passagem.

Pollyanna nunca vira sua tia com aquela aparência.

— Oh... oh... oh! Ora, tia Polly, a senhora também tem... — exclamou animada, dando voltas e voltas em torno da tia, que entrava na sala de estar.

— Tenho o quê, criança impossível?

Pollyanna ainda girava em torno da tia.

— E eu nunca desconfiei que tivesse! Como a senhora pôde, titia, ter isso e esconder de todo o mundo? A senhora acha que eu também posso tê-los? ...Antes de ir para o Céu, quero dizer — exclamou, mexendo ansiosa uma mecha de cabelo completamente lisa sobre as orelhas. — Mas então eles não seriam escuros, se aparecessem. Isso não tem como ser escondido.

CAPÍTULO 16

— Pollyanna, o que você quer dizer com tudo isso? — exigiu tia Polly, retirando apressada o chapéu e tentando alisar novamente seus cabelos desordenados.

— Não, não, por favor, tia Polly! — a voz de Pollyanna transformou-se em súplica. — Não os alise. É sobre eles que estou falando... esses lindos cachinhos negros... Ah, tia Polly, eles são tão lindos!

— Bobagem! E responda, o que queria indo outro dia à Liga das Senhoras pedir dessa forma absurda por aquele menino pedinte?

— Mas não é bobagem — replicou Pollyanna, respondendo somente ao primeiro dos comentários da tia. — A senhora nem imagina como fica bonitinha com o cabelo assim! Oh, tia Polly, será que posso fazer com o seu cabelo o que fiz com o da sra. Snow e enfeitar com uma flor? Vou adorar vê-la desse jeito! A senhora ficará imensamente mais linda do que ela ficou!

— Pollyanna! — a srta. Polly foi muito severa, principalmente porque as palavras de Pollyanna trouxeram um estranho sentimento de alegria: quem foi que alguma vez preocupou-se com a aparência dela ou de seu cabelo? Quando foi que alguém "adorou" vê-la linda? — Pollyanna, você não respondeu à minha pergunta. Por que foi à Liga das Senhoras daquela forma absurda?

— Sim, senhora, eu sei. Mas por favor, eu não sabia que era absurdo até que fui e descobri que elas preferem ver seu relatório crescer do que ajudar Jimmy. Aí, eu escrevi para a MINHA Liga das Senhoras... porque Jimmy está bem longe delas, sabe? E pensei que ele pudesse ser o garotinho da Índia para elas, do mesmo jeito que... Tia Polly, eu FUI a sua garotinha da Índia? E, tia Polly, a senhora VAI me deixar arrumar o seu cabelo, não vai?

Tia Polly levou a mão à garganta; sabia que aquele velho sentimento de desamparo tomara conta dela.

— Mas, Pollyanna, quando as senhoras me contaram essa tarde como você as procurou, fiquei tão envergonhada! Eu...

Pollyanna começou a pular no lugar.

— Não disse! ...A senhora ainda não falou que eu NÃO poderia pentear o seu cabelo — disse em triunfo. — Quer dizer que a senhora concordou... e tenho certeza de que significa como da outra vez, quando falamos sobre o mocotó do sr. Pendleton, que a senhora não mandou, mas não queria que eu dissesse que a senhora não mandou, sabe? Fique onde está, vou buscar o pente.

— Mas, Pollyanna, Pollyanna — protestou tia Polly, que seguiu a garotinha atravessando os quartos e subindo esbaforida a escada.

— Ah, a senhora veio aqui em cima? — Pollyanna a recebeu à porta do quarto da própria srta. Polly. — Aqui será até melhor. Peguei o pente. Agora, sente-se bem aqui. Estou tão contente que a senhora me deixou fazer isso!

— Mas, Pollyanna, eu... eu...

A srta. Polly não terminou a frase. Para seu próprio espanto, ela se viu sentada no banco baixo diante da penteadeira, com seu cabelo já caído e sendo manuseado por dedinhos impacientes, mas ao mesmo tempo delicados.

— Oh, uau! Que cabelo lindo a senhora tem! — matraqueou Pollyanna. — E são muito mais grossos que os da sra. Snow, também! Mas é claro, a senhora precisa mais deles, porque de alguma forma está bem e pode ir a lugares onde as pessoas podem notá-los. Uau! Aposto que as pessoas ficarão contentes ao vê-los... e surpresas também, porque a senhora os escondeu por tanto tempo. Ora, tia Polly, vou fazê-la tão linda, que todos irão adorar olhar para a senhora!

— Pollyanna! — sua voz soou abafada, porém chocada debaixo do véu de cabelos soltos. — Não entendo por que permiti que você fizesse uma coisa boba como essa.

— Uai, tia Polly, acho que vai ficar contente quando as pessoas começarem a gostar de olhar para a senhora! Não gosta de olhar coisas bonitas? Eu fico muito mais feliz quando olho para pessoas bonitas, porque, quando olho para as outras, sinto pena delas.

— Mas... mas...

— E eu simplesmente adoro fazer penteados — tornou a ronronar de contentamento. — Fiz muitos para a Liga das Senhoras... mas não havia nenhuma com cabelos tão bonitos quanto os seus. A sra. White tinha cabelos bonitos, é verdade, e ela ficou simplesmente linda quando arrumei uma vez em... Oh, tia Polly, acabei de pensar em uma coisa! Contudo, é segredo, e não vou contar. Agora o seu cabelo está quase pronto e vou deixá-la por um minuto, e a senhora deve

CAPÍTULO 16

prometer... Prometer!... que não vai se mover nem espiar até eu voltar! Lembre-se! — concluiu e correu para fora do quarto.

Tia Polly não disse nada em voz alta. Mas para si mesma, disse que desmancharia imediatamente o penteado absurdo feito pelas mãos da sobrinha e prenderia o cabelo de maneira devida de novo. Quanto a "espiar"... como se ela se importasse em...

Naquele momento, inesperadamente, o olhar da srta. Polly captou seu reflexo no espelho da penteadeira. E o que viu fez surgir um rubor em sua face, e quanto mais olhava, mais vermelha se tornava.

Ela viu um rosto, não era jovem, é verdade, mas iluminado com excitação e surpresa. O rosto tinha uma coloração rosa adorável. Seus olhos brilhavam. O cabelo, escuro e ainda úmido pelo ar de fora, caía em ondas soltas, emoldurando a testa, sobre as orelhas, em formato maravilhoso, formando caracóis aqui e ali.

Tão espantada e absorvida estava com o que via no espelho que quase esqueceu sua determinação de desfazer o cabelo, até que ouviu Pollyanna entrando no quarto novamente. Antes que pudesse se mover, ela sentiu algo escorregar por sobre seus olhos e ser amarrado atrás.

— Pollyanna, Pollyanna! O que está fazendo? — perguntou.

A menina riu.

— É exatamente isso que eu não quero que saiba, tia Polly, e tive medo que a senhora ESPIASSE, então vou amarrá-la com um lenço. Agora, fique quieta. Não levará mais que um minuto, e então vou deixar a senhora ver.

— Mas, Pollyanna — começou a srta. Polly, lutando às cegas para ficar em pé —, você tem de tirar isso! — Você... criança... criança! O que ESTÁ fazendo? — ela respirou fundo quando sentiu algo macio deslizando em torno de seus ombros.

Pollyanna somente riu alegremente em resposta. Com dedos trêmulos de emoção, ela drapeou um maravilhoso xale de renda em torno dos ombros da tia, amarelado por efeito de longos anos em seu esconderijo e exalando um aroma de lavanda. Pollyanna encontrara o xale uma semana antes, quando Nancy arrumava o sótão, e lhe ocorreu que não havia razão alguma para que a tia, como a sra. White, não andasse "arrumada".

Terminada a tarefa, Pollyanna correu os olhos de aprovação, porém ainda faltava um toque final em sua obra. Prontamente, arrastou a tia para o solário ensolarado, onde ela podia ver uma rosa que florescia sobre a treliça e que estava ao alcance de sua mão.

— Pollyanna, o que você está fazendo? Para onde está me levando? — indagou tia Polly em vão, tentando manter-se no lugar. — Pollyanna, eu não...

— Somente até o solário... apenas um minutinho! Já, já, a senhora vai ficar pronta — respondeu Pollyanna ofegante, estendendo a mão para colher a rosa e inserindo-a nos cabelos macios sobre a orelha esquerda da srta. Polly. — Pronto! — exultou e, desfazendo o nó do lenço, jogou-o longe. — Oh, tia Polly, agora eu acredito que a senhora vai ficar contente ao ver como eu a arrumei!

Por um momento aturdida, a srta. Polly examinou sua própria aparência arrumada e também os arredores. Então soltou uma exclamação baixa e fugiu para o seu quarto. Pollyanna, seguindo com o olhar na última direção em que sua tia olhara consternada, viu por meio das janelas abertas do solário o cavalo e a charrete, dirigindo-se para o portão. Reconheceu imediatamente o homem que segurava as rédeas e, encantada, curvou-se para a frente.

— Dr. Chilton, dr. Chilton! O senhor quer me ver? Estou aqui em cima!

— Sim — sorriu o médico com alguma seriedade na voz. — Pode descer, por favor?

No quarto, Pollyanna encontrou uma mulher de rosto vermelho e olhos zangados, arrancando os grampos que prendiam o xale de renda aos seus cabelos.

— Pollyanna, como pôde — gemeu a mulher — pensar em me enfeitar desse jeito, e ainda me EXPOR?

Pollyanna parou, consternada.

— Mas você estava linda — muito linda, tia Polly, e...

— Linda! — a mulher jogou o xale para o lado com desprezo e atacou seu cabelo com dedos trêmulos.

— Oh, tia Polly, deixe o cabelo como está!

— Deixar? Desse jeito? Nunca! — e a srta. Polly esticou os cachos tão fortemente que o último deles ficou espremido sem vida pelos seus dedos.

— Que pena! A senhora parecia tão linda! — quase soluçou Pollyanna, tropeçando porta afora.

No andar de baixo, Pollyanna encontrou o médico, que a esperava na charrete.

— Eu a prescrevi para um paciente, e ele me mandou buscar a receita — anunciou o doutor. — Você vem?

— O senhor quer dizer... uma tarefa ... para a farmácia? — perguntou a menina um pouco incerta. — Eu costumava fazer tarefas... para a Liga das Senhoras.

O médico balançou a cabeça com um sorriso.

— Não exatamente. É o sr. John Pendleton. Ele gostaria de vê-la hoje, se você fizer o favor de ir. Parou de chover, então vim buscá-la. Você vem? Na volta eu a pego e trago de volta para casa, antes das seis horas.

— Eu adoraria! — exclamou Pollyanna. — Deixe-me pedir para a tia Polly.

Em poucos minutos ela retornou, chapéu na mão, mas com um rosto um pouco sério.

— Sua tia não queria deixá-la ir? — indagou o médico um tanto envergonhado, quando eles se afastavam da casa.

— P... pelo contrário — suspirou Pollyanna. — Temo que ela queria MUITO que eu fosse.

— Queria MUITO que fosse?

Pollyanna suspirou novamente.

— Sim. Acho que ela não queria que eu ficasse em casa. Sabe, ela disse: "Sim, sim, corra, corra. Quisera que tivesse ido antes".

O médico sorriu, mas somente com os lábios. Seus olhos estavam muito tristes. Por algum tempo ele permaneceu em silêncio, então perguntou, um pouco hesitante:

— Aquela... não era a sua tia há alguns minutos, parada com você na janela do solário?

Pollyanna soltou um longo suspiro.

— Sim, aí é que está todo o problema, acho. Sabe... eu a arrumei com um lindo xale de renda que encontrei lá em cima, e penteei seu cabelo, e coloquei uma rosa, e ela estava tão bonitinha! O SENHOR não acha que ela estava linda?

Por um momento o médico não respondeu. Então, quando ele falou, sua voz soava tão baixo que Pollyanna mal conseguiu ouvir as palavras.

— Sim, Pollyanna, acho... acho que ela estava realmente linda.

— O senhor achou? Estou tão contente por isso! Vou dizer isso para ela — acenou a garotinha com a cabeça.

Para sua surpresa, o doutor exclamou de repente:

— Nunca! Pollyanna, infelizmente vou ter de pedir para você não dizer nada para ela... sobre isso.

— Por quê, dr. Chilton! Por que não? Pensei que o senhor ficaria contente...

— Mas ela poderia não ficar — o médico cortou a conversa.

Pollyanna pensou sobre o assunto por um momento.

— Então... pode ser que não fique — suspirou. — Lembrei agora, ela correu porque viu o senhor. E ela... ela falou depois disso sobre ser vista naquela fantasia.

— Pensei mesmo que fosse assim — declarou o médico em meio a um suspiro.

— Mas ainda não entendo — insistiu Pollyanna —, já que ela estava tão bonita!

O doutor não disse nada. Na verdade, apenas voltou a falar quando estavam quase chegando à grande casa de pedra, onde o sr. John Pendleton estava acamado, com a perna quebrada.

CAPÍTULO 17

EXATAMENTE COMO EM UM LIVRO

JOHN PENDLETON recebeu Pollyanna com um sorriso.

— Bem, srta. Pollyanna, acho que é uma pessoinha que perdoa facilmente as pessoas, senão não teria voltado hoje.

— Ora, sr. Pendleton, fiquei realmente contente de vir, e com certeza não sei por que não estaria.

— Ah, bem, sabe, fui muito rude com você, infelizmente, tanto no dia em que você foi tão gentil em me trazer o mocotó, quanto da vez em que me encontrou com a perna quebrada. Aliás, não creio que tenha ao menos agradecido por isso. Agora mesmo tenho certeza de que é uma pessoa muito generosa em vir me ver, depois da minha falta de agradecimento!

Pollyanna remexeu-se, sem graça.

— Mas fiquei contente por encontrá-lo; quero dizer, não fiquei por sua perna estar quebrada, é claro — corrigiu-se, apressada.

John Pendleton sorriu.

— Entendo. Sua língua não a obedece de vez em quando, não é mesmo, srta. Pollyanna? Mesmo assim, agradeço e acho que você é uma garotinha muito corajosa pelo que fez naquele dia. E agradeço pelo mocotó, também — acrescentou, com voz mais suave.

— O senhor gostou? — indagou Pollyanna com interesse.

— Sim, muito. Acho que hoje não há nada que... que a tia Polly NÃO tenha mandado, há? — perguntou com um sorriso travesso.

A visitante pareceu angustiada.

— N... não, senhor — hesitou, continuando, então, com um tom mais elevado: — Por favor, sr. Pendleton, eu não quis ser rude outro dia quando disse que tia Polly NÃO mandara o mocotó.

Não houve resposta. John Pendleton não sorria agora. Os olhos estavam fixos à frente, parecendo enxergar através e além de um objeto adiante. Depois de um momento, ele deu um longo suspiro e virou-se para Pollyanna. Quando ele falou, sua voz carregava aquele velho nervosismo irritado.

— Ora, ora, assim não dá! Não mandei chamá-la para que me veja triste. Ouça! Lá fora, na biblioteca, que é a sala grande, onde está o telefone, sabe... você vai encontrar uma caixa esculpida na prateleira inferior da estante grande com portas de vidro no canto, não muito longe da lareira. Ou seja, estará lá se aquela maldita mulher não a tiver "arrumado" em outro lugar! Você pode trazê-la para mim. É pesada, mas acho que não tão pesada para você carregar.

— Oh, sou MUITO forte! — declarou Pollyanna, alegremente, enquanto se erguia em um pulo. Em um minuto já estava de volta com a caixa.

Passaram, então, meia hora de forma maravilhosa. A caixa estava cheia de tesouros, curiosidades que John Pendleton colecionara em anos de viagens. E cada qual vinha acompanhado de uma história divertida, seja um jogo de xadrez da China com figuras entalhadas de forma refinada, seja um ídolo pequeno de jade da Índia.

Depois de ouvir a história sobre o ídolo, Pollyanna, melancólica, murmurou:

— Bem, acho que SERIA melhor mesmo trazer um menininho da Índia para criar... que não soubesse nada além de pensar que Deus está naquela boneca... do que pegar Jimmy Bean, um menininho que sabe que Deus está lá em cima no Céu. Ainda assim, não consigo deixar de desejar que elas quisessem, e o Jimmy Bean, também, além dos meninos da Índia.

John Pendleton não pareceu escutar. Mais uma vez, seus olhos encaravam algo bem à frente, o nada. Logo, porém, seus pensamentos retornaram, e ele apanhou mais uma curiosidade para contar sobre ela.

CAPÍTULO 17

A visita estava certamente sendo deliciosa, mas antes que acabasse, Pollyanna percebeu estar falando algo além das coisas maravilhosas na linda caixa entalhada. Conversavam sobre ela mesma, sobre Nancy, tia Polly e sua vida diária. Discutiam até mesmo também a vida e o lar que ficaram há muito para trás, na longínqua cidade do leste. E quando estava quase na hora de ela ir, o homem disse, com uma voz que Pollyanna nunca ouvira de um severo John Pendleton:

— Menininha, quero que venha me ver com frequência. Você vem? Sou sozinho e preciso de você. Tem mais uma razão... vou contá-la para você também. Pensei no começo, depois que descobri outro dia quem você era, que não queria que viesse mais. Você me lembrou de... de algo que há muitos anos estou tentando esquecer. Então, eu disse para mim mesmo que não queria nunca mais vê-la, e todos os dias, quando o doutor perguntava se não ia deixá-lo trazê-la para mim, eu dizia que não. Depois de algum tempo, porém, descobri que queria tanto vê-la, tanto, que o fato de eu não a ESTAR vendo fazia-me lembrar ainda mais vividamente aquilo que estava tentando esquecer. Então, agora eu quero que venha. Você virá, pequena?

— Ora, sim, sr. Pendleton — suspirou Pollyanna, seus olhos luminosos fitando com pena o rosto triste do homem deitado sobre os travesseiros à sua frente. — Vou adorar vir!

— Obrigado — disse o sr. John Pendleton delicadamente.

Depois do jantar, naquela noite, Pollyanna, sentada na varanda de trás, contou para Nancy tudo sobre a maravilhosa caixa entalhada do sr. John Pendleton e sobre as ainda mais maravilhosas coisas nela contidas.

— E pensar — Nancy suspirou — que ele MOSTROU pr'ocê as coisa e contou pr'ocê tudo sobre elas... ele... que é tão brabo e que não conversa com ninguém... ninguém!

— Oh, mas ele não é bravo, Nancy, é assim somente por fora — acrescentou Pollyanna, demonstrando rapidamente lealdade. — Tampouco entendo por que todos o acham tão ruim. Não iriam pensar assim se o conhecessem. Mas até tia Polly não gosta muito dele. Ela não queria mandar o mocotó para ele, sabe? Ficou com muito medo de que ele pensasse que tivesse sido ela que havia enviado!

— Deve sê que ela num considera ele como deve — Nancy deu de ombros. — Mas o que mexe comigo é por que ele se apegô tanto n'ocê, srta. Pollyanna... não quero *ofendê ocê*, é claro... mas ele não é o tipo de homem que gosta de crianças, não, não mesmo.

Pollyanna sorriu feliz.

— Mas ele gostou, Nancy — assentiu ela com a cabeça. — Mas acho que ele não queria... o tempo TODO. Ora, somente hoje ele confessou que antes ele sentia que não queria me ver novamente, porque eu o fazia lembrar-se de algo que ele queria esquecer. Mas depois...

— O que era? — interrompeu Nancy, animada. — Ele disse *qui ocê* o fazia lembrar-se *di* algo que ele queria *esquecê*?

— Sim. Mas depois disso...

— O que era? — insistiu Nancy, ansiosa.

— Ele não me contou. Apenas falou que era algo.

— MISTÉRIO! — ofegou Nancy, com voz espantada. — Foi *purissu qui* ele simpatizou com *ocê logu* no começo. Oh, srta. Pollyanna! Ora, isso é que nem em um livro... li vários assim, *O segredo de Lady Maud*, *O herdeiro desaparecido*, *Oculto durante anos*, todos eles tiveram mistérios e *coisarada* assim. Paizinho do Céu! Pense apenas em ter um livro vivo debaixo do nariz e num *sabê* de *nadica todu* esse tempo! Conte tudo... tudo, srta. Pollyanna, tem de *tê* alguém *escondidu* aqui! Não me admira que ele tenha se apegado a *ocê*... não me admira!

— Mas ele não se apegou... — exclamou Pollyanna — não até eu ter conversado com ELE primeiro. E ele nem mesmo sabia quem eu era até eu ter lhe levado o mocotó e lhe contado que a tia Polly não o tinha mandado, e...

Nancy saltou em pé e bateu palmas de repente.

— Oh, srta. Pollyanna, já sei, já sei... eu SEI! — exultou. No minuto seguinte ela estava sentada ao lado de Pollyanna outra vez. — Diga, pense agora e responda exatamente — insistiu Nancy, animada. — Foi depois que ele descobriu *qui ocê* era sobrinha da srta. Polly que ele disse *qui* nunca mais iria querer vê-la?

— Ah, sim. Eu disse isso a ele quando o vi pela última vez, e ele me disse isso hoje.

— Eu bem que sabia — triunfou Nancy. — E a srta. Polly não queria de maneira nenhuma que o mocotó fosse mandado por ela, queria?

— Não.

CAPÍTULO 17

— E *ocê* disse *pra* ele que ela não o mandou?

— Ora, sim, eu...

— E ele começou a agir de forma estranha e reclamar depois *qui descubriu qui ocê* era sua sobrinha. Foi assim, *num* foi?

— Bem, s... sim. Ele realmente agiu de forma um pouco estranha... por causa do mocotó — admitiu Pollyanna, franzindo a testa enquanto pensava.

Nancy deu um longo suspiro.

— Então, agora já sei, claro! Ouça. O SR. JOHN PENDLETON FOI NAMORADO DA SRTA. POLLY HARRINGTON! — afirmou, de forma impressionante, mas olhando furtivamente por sobre o ombro.

— Ora, Nancy, não pode ser! Ela não gosta dele — objetou Pollyanna.

Nancy lançou um olhar de desdém.

— *Claru* que não! Eles BRIGARAM!

Pollyanna ainda parecia incrédula; então, com outro suspiro prolongado, Nancy pôs-se feliz a relatar a história.

— É assim. Pouco tempo antes di *ocê* vir pra cá, o sr. Tom me contou que a srta. Polly teve um namorado, uma vez. Eu não acreditei... a srta. Polly... um namorado! Mas o sr. Tom disse que sim, que teve, e que ele vivia nesta cidade. E AGORA eu sei, é claro. É o sr. John Pendleton. Acaso ele não tem um mistério na sua vida? E ele não se trancou sozinho naquela casa enorme e não conversa com ninguém? Não se comportou de maneira estranha quando descobriu *qui ocê* era sobrinha da srta. Polly? E agora, por acaso, ele não confessou *qui ocê* o fazia lembrar-se de algo que ele *qué esquecê*? Qualquer pessoa percebe que é a srta. Polly! E ela dizendo que não queria mandar o mocotó *pra* ele, também. Ora, srta. Pollyanna, *tá claru qui* nem água! Está sim!

— Uau! — Pollyanna abriu os olhos com espanto. — Mas Nancy, se eles se amassem já deveriam ter feito as pazes. Os dois sozinhos, todos esses anos. Acho que eles ficariam contentes em reatar!

Nancy fungou com desdém.

— Parece *qui ocê* não *sabi* muito sobre namorados, srta. Pollyanna. *Ocê* é criança ainda. Mas, se existem pessoas no mundo que não usariam o seu jogo de "ficar contente", estas seriam os namorados brigados. E é como os nossos são. Ele não está *sempri rabugentu*?... *I ela não está...*

Nancy estancou, lembrando a tempo para quem e de quem estava falando. De repente, entretanto, desmanchou-se em uma risada.

— Apesar de que, não estou dizendo, srta. Pollyanna, que não seria um grande negócio *si ocê* conseguisse *FAZÊ* eles *jogá* o jogo... *pra qui* ficassem contentes em *fazê* as pazes. Mas, paizinho do Céu! As pessoas ficariam encarando... a srta. Polly e ele! Eu acho, aliás, que não tem muitas chances. Ah! Não mesmo!

Pollyanna não disse nada, mas quando entrou na casa, um pouco mais tarde, seu rosto estava pensativo.

CAPÍTULO 18

PRISMAS

ENQUANTO os dias quentes de agosto transcorriam, Pollyanna foi muitas vezes para a casa grande na colina Pendleton. No entanto, ela não sentia que suas visitas fossem realmente um sucesso. Não, à exceção de que aquele homem parecia querer que ela estivesse lá... ele realmente a chamava com frequência; porém, quando ela estava lá, ele não parecia mais feliz por sua presença, pelo menos assim pensava Pollyanna.

É verdade que ele conversava com ela e lhe mostrava muitas coisas belas e estranhas: livros, quadros e curiosidades. Contudo, ele ainda maldizia sua impotência em voz alta e ficava visivelmente irritado com as regras e "arrumações" feitas por pessoas pouco bem-vindas em sua propriedade. Ele, de fato, parecia gostar de ouvir Pollyanna falando; e ela conversava, gostava disso; porém, nunca tinha certeza de que, ao olhar para cima, não o encontraria deitado sobre a almofada com aquele olhar vazio e ferido, que tanto a preocupava. E jamais tinha certeza de qual de suas palavras, se é que havia alguma, causava essa reação nele. Quanto a contar-lhe sobre o "jogo do ficar contente" e tentar fazer com que ele o jogasse, Pollyanna nunca via uma oportunidade de perceber que ele fosse capaz de ouvir sobre isso. Ela tentou tocar no assunto duas vezes, mas não teve tempo de contar o que seu pai tinha dito, porque nas duas ocasiões o sr. John Pendleton mudara abruptamente a direção da conversa.

Pollyanna agora não mais duvidava de que ele fora namorado da tia Polly e, com toda a força de seu coração amoroso e leal, desejava poder levar a felicidade de alguma forma, conforme seu ponto de vista, para aquelas vidas miseravelmente solitárias.

Apenas não sabia, entretanto, como faria isso. Ela falava de sua tia para o sr. Pendleton, e ele escutava, às vezes, educadamente, às vezes, com irritação, e frequentemente com um sorriso curioso nos lábios, geralmente severos. Ela também falava com a tia sobre o sr. Pendleton, ou melhor, tentava falar sobre ele. Mas como regra, entretanto, a srta. Polly não queria escutar por longo tempo. Sempre encontrava alguma outra coisa sobre o que falar. Todavia, ela costumava fazer o mesmo, com frequência, quando Pollyanna falava de outras pessoas: do dr. Chilton, por exemplo, embora a menina atribuísse isso ao fato de o médico tê-la visto no solário com o xale de renda drapeado sobre os ombros. Na verdade, tia Polly parecia particularmente amarga com relação ao dr. Chilton, como Pollyanna concluiu uma vez, quando um forte resfriado fez que ela ficasse trancada em casa.

— Se até o fim do dia você não melhorar, vou mandar chamar o médico — disse tia Polly.

— Vai? Então vou fazer o possível para ficar pior! — exclamou Pollyanna. — Adoraria que o dr. Chilton viesse me visitar!

Ficou então preocupada com o olhar que se estampou no rosto da tia.

— Não será o dr. Chilton, Pollyanna — disse a srta. Polly, secamente. — Ele não é nosso médico de família. Se piorar, chamarei o dr. Warren.

Pollyanna não piorou e o dr. Warren não foi chamado.

— Estou tão contente — disse Pollyanna naquela noite para a tia. — Claro que gosto do dr. Warren e tudo o mais, mas gosto mais do dr. Chilton, e acho que ele ficaria magoado se eu não o chamasse. Sabe, afinal, ele não é realmente culpado por tê-la visto naquele dia, quando eu a arrumei tão linda, tia Polly — terminou melancólica.

— Já basta, Pollyanna. Realmente não quero discutir sobre o dr. Chilton ou seus sentimentos — reprovou categórica a srta. Polly.

CAPÍTULO 18

Pollyanna olhou para ela por um momento, com os olhos cheios de triste interesse, e, então, suspirou:

— Eu realmente adoro quando suas bochechas ficam rosadas assim, tia Polly, mas gostaria tanto de arrumar o seu cabelo. Se... ora, tia Polly! — Mas sua tia já estava fora de vista, no saguão.

Foi no fim de agosto que Pollyanna, fazendo uma visita ao sr. John Pendleton cedo, pela manhã, encontrou uma faixa brilhante de azul, dourado e verde emoldurada com vermelho e violeta por cima de seu travesseiro. Ela parou bruscamente para admirar em deleite.

— Ora, sr. Pendleton, é um arco-íris bebê! Um verdadeiro arco-íris entrou aqui para lhe fazer uma visita! — exclamou, aplaudindo suavemente. — Oh... oh... oh, que bonito! Mas como ele conseguiu entrar? — questionou.

O riso do homem foi um pouco sombrio; ele não estava particularmente de bem com a vida naquela manhã.

— Bem, acredito que tenha entrado pela borda chanfrada desse termômetro de vidro na janela — disse, cansado. — O sol não devia incidir nunca sobre ele, mas de manhã ele o ilumina.

— Oh, mas é muito bonito, sr. Pendleton! E é somente o sol que faz isso? Uau! Se fosse meu, eu o deixava pendurado o dia todo no sol!

— Então ele perderia sua utilidade — riu o homem. — Como acha que poderia saber se está calor ou frio, se o termômetro ficasse pendurado no sol o dia todo?

— Eu não me importaria — exalou Pollyanna, com os olhos fascinados sobre a faixa de cores brilhantes tingindo o travesseiro. — Que diferença isso faz para as pessoas que vivem o tempo todo em um arco-íris!

O homem riu. Observava o rosto absorto de Pollyanna com um pouco de curiosidade. De repente, um novo pensamento atravessou-lhe a mente, e ele tocou o sininho ao seu lado.

— Nora — disse, quando a criada idosa apareceu na porta. — Traga-me um daqueles candelabros grandes de latão que estão na cornija na lareira, na sala de estar da frente.

— Sim, senhor — murmurou a mulher, parecendo um pouco atordoada. Em um minuto ela retornou. Um tilintar musical invadiu o quarto com ela, que avançava pensativa na direção da cama. Vinha dos pingentes em forma de prismas, que circundavam o candelabro antiquado em sua mão.

— Obrigado. Você pode deixá-lo aqui, no criado-mudo — indicou o homem. — Agora pegue um cordão e amarre na cortina daquela janela. Desça a cortina e estique o cordão até o outro lado da janela. Isso é tudo. Obrigado — agradeceu, depois que a criada realizara suas ordens.

Quando ela deixou o quarto, o sr. Pendleton virou seus olhos sorridentes para Pollyanna, que estava pensativa.

— Agora, traga-me aquele candelabro, por favor, Pollyanna.

A menina carregou-o com as duas mãos; logo ele desencaixou os pingentes, um a um, até que uma dúzia deles estavam sobre a cama, dispostos lado a lado.

— Agora, minha cara, pegue-os e pendure naquele cordão que Nora esticou na frente da janela. Se você REALMENTE quer viver em um arco-íris, não vejo outra saída para você ter um!

Pollyanna não havia pendurado três deles antes de perceber um pouco daquilo que estava para acontecer. Ficou tão animada que mal podia controlar seus dedinhos trêmulos para pendurar os outros que restaram. Finalmente a tarefa terminou, e ela deu um passo para trás, com uma exclamação baixa de espanto.

O quarto inteiro, suntuoso e triste, transformou-se em um país de contos de fadas, com cores dançantes: vermelho, verde, violeta e laranja, ouro e azul. A parede, o chão, a mobília, até mesmo a própria cama brilhavam com pedacinhos trêmulos de cor.

— Oh, oh, oh, que lindo! — suspirou Pollyanna rindo. — Acho que o sol em pessoa está tentando jogar o jogo agora, o senhor também não acha? — perguntou, esquecendo por um momento que o sr. Pendleton não podia saber sobre o que ela estava falando. — Oh, como eu gostaria de ter muitas dessas coisas! Como eu gostaria de dá-las para a tia Polly e para a sra. Snow e... para muitas outras pessoas. Aposto que ENTÃO elas ficariam contentes de verdade! Ora, acho que até a tia Polly ficaria tão feliz que não poderia resistir de bater as portas se vivesse em um arco-íris como esse, não acha?

O sr. Pendleton riu.

— Bem, do que lembro da sua tia, srta. Pollyanna, devo dizer que penso que teria de haver algo maior que alguns poucos prismas pen-

CAPÍTULO 18

durados ao sol para... para fazê-la bater muitas portas... de alegria. Mas, vamos lá, agora, o que você quer dizer com isso?

Pollyanna ficou algum tempo olhando-o espantada, então soltou um longo suspiro.

— Oh, eu esqueci que o senhor não sabe sobre o jogo. Agora me lembrei.

— Então, conte-me!

E foi assim que Pollyanna lhe contou. Disse tudo para ele desde o princípio, desde as muletas que deveriam ser uma boneca. Enquanto falava, ela não olhava para ele. Seu olhar absorto ainda repousava sobre as manchinhas coloridas que vinham dos pingentes em forma de prismas balançando na janela iluminada pelo sol.

— E isso é tudo — suspirou ao terminar a história. — E agora o senhor sabe por que eu disse que o sol estava tentando jogar... esse jogo.

Por um momento houve silêncio no quarto. Então, uma voz baixa e insegura, que vinha da cama, disse:

— Talvez. Contudo, estou pensando que o mais belo dos prismas é você mesma, Pollyanna.

— Oh, mas eu não irradio lindas luzes vermelhas, verdes e roxas quando o sol brilha através de mim, sr. Pendleton!

— Não? — sorriu o homem. E Pollyanna, olhando dentro de seus olhos, perguntou-se por que havia lágrimas dentro deles.

— Não — alegou ela. Depois de um momento, acrescentou com tristeza: — Acho, sr. Pendleton, que o sol não faz nada em mim a não ser as sardas. Tia Polly diz que é ELE que as produz!

O homem riu um pouco, e outra vez Pollyanna olhou para ele. O riso mais parecia um soluço.

CAPÍTULO 19
MUDANÇA INESPERADA

POLLYANNA foi para a escola em setembro.

As primeiras provas mostraram que ela estava bastante avançada para uma menina de sua idade. Logo, tornou-se um membro feliz de uma classe de meninas e meninos de sua idade.

A escola, de alguma forma, foi uma surpresa para Pollyanna; e ela, em muitos aspectos, também foi uma surpresa muito grande para a escola. Muito em breve, eles estavam se dando muito bem. Ela confessou para a tia que ir à escola era viver, embora duvidasse disso anteriormente.

Apesar de seu entusiasmo por sua nova tarefa, Pollyanna não esqueceu seus velhos amigos. É verdade, não podia mais dedicar-lhes tanto tempo agora, é claro, mas ela os via sempre que podia. Talvez o mais insatisfeito entre eles, era, entretanto, o sr. John Pendleton.

Um sábado à tarde ele falou com ela sobre o assunto.

— Sabe, Pollyanna, você não gostaria de vir morar comigo? — perguntou, um pouco impaciente. — Quase não a vejo mais!

Pollyanna riu. O sr. Pendleton era um homem muito engraçado!

— Pensei que o senhor não gostasse de pessoas por perto — respondeu.

CAPÍTULO 19

Seu rosto tornou-se irônico.

— Oh, mas isso foi antes de você me ensinar aquele seu magnífico jogo. Agora fico contente de ser servido. Não tem importância, logo estarei andando com as duas pernas, então, veremos quem manda aqui — terminou, levantando uma das muletas que estavam ao seu lado e chacoalhando-a de brincadeira para a garotinha. Ambos estavam sentados na grande biblioteca.

— Oh! Mas o senhor não está contente de maneira nenhuma com as coisas, o senhor apenas DIZ que está — observou amuada, os olhos fixos no cãozinho, que tirava uma soneca diante da lareira. — O senhor sabe que NUNCA joga direito o jogo, sr. Pendleton, o senhor sabe disso!

O rosto do homem tomou, de repente, uma aparência muito séria.

— É por esse motivo que eu quero, pequena, que me ajude a jogá-lo. Você virá?

Pollyanna virou-se para ele surpresa.

— Sr. Pendleton, o senhor não quer isso de verdade, quer?

— Claro que quero. Você virá?

Pollyanna parecia angustiada.

— Ora, sr. Pendleton, não posso, o senhor sabe que não posso. Sou da tia Polly!

Algum sentimento que a menina não pôde entender cruzou rápido o rosto do homem. Ele ergueu a cabeça repentinamente.

— Você não é dela mais do que... Talvez ela deixasse você vir para mim — terminou mais gentil. — Você viria se ela deixasse?

Pollyanna franziu a testa em pensamento profundo.

— Mas tia Polly tem sido tão... tão boa para mim — começou lentamente —, ela me pegou quando eu não tinha mais ninguém, além da Liga das Senhoras e...

Mais uma vez, aquela sombra irreconhecível passou pelo rosto do homem, porém, desta vez, ele falou com uma voz baixa e muito triste.

— Pollyanna, há muitos anos eu amei muito uma pessoa. Queria muito trazê-la, algum dia, para esta casa. Eu sonhava como nós seríamos felizes em nosso lar em todos os anos que estavam por vir.

— Sim — respondeu Pollyanna com pena, os olhos brilhando com compaixão.

— Mas... bem... eu não a trouxe para cá. Não importa por que, apenas não a trouxe, e isso é tudo. A partir daí, essa enorme pilha de pedras cinzas tornou-se uma casa, mas nunca um lar. Esse lugar precisa da mão e do coração de uma mulher e da presença de uma criança para se transformar em um lar, Pollyanna. E eu não possuo nenhuma das duas. Você virá, minha querida?

Pollyanna pôs-se imediatamente em pé. Seu rosto estava iluminado.

— Sr. Pendleton, o senhor... o senhor quer dizer que queria todo esse tempo a mão e o coração daquela mulher?

— Ora, s... sim, Pollyanna.

— Oh! Estou tão feliz! Então está tudo bem — a pequena menina suspirou. —Agora o senhor pode ficar conosco, com as duas, e tudo ficará maravilhoso.

— Ficar com vocês duas? — o homem repetiu atordoado.

Uma ligeira dúvida passou pelo rosto de Pollyanna.

— Bem, sim, tia Polly ainda não está convencida, mas tenho certeza de que ficará se o senhor lhe disser exatamente como disse para mim, e ai, nós duas viríamos, é claro.

Um ar de verdadeiro terror surgiu nos olhos do homem.

— Tia Polly vir... AQUI!

Os olhos de Pollyanna abriram-se um pouco.

— O senhor prefere ir PARA LÁ? — questionou. — É claro que a casa não é tão bonita, porém é mais próxima...

— Pollyanna, sobre O QUE você está falando?— perguntou o homem muito gentilmente.

— Ora, sobre onde vamos morar, é claro — respondeu Pollyanna, obviamente surpresa. — PENSEI que o senhor queria que fosse aqui, no início. O senhor disse que queria aqui todos esses anos a mão e o coração da tia Polly para formar um lar, e...

Um grito entrecortado veio da garganta do homem. Ele ergueu a mão e começou a falar, mas no momento seguinte ele a deixou cair sem vida ao seu lado.

— O médico, senhor — disse a criada na porta.

Pollyanna ergueu-se imediatamente.

John Pendleton virou-se febrilmente para ela.

CAPÍTULO 19

— Pollyanna, por Deus, não diga nada sobre o que eu lhe pedi... ainda — implorou com voz baixa. Pollyanna abriu-se em largo sorriso.

— Claro que não direi! Como se eu não soubesse que o senhor prefere falar-lhe pessoalmente! — falou olhando por sobre o ombro.

O sr. John Pendleton deixou-se cair sem forças sobre sua cadeira.

— Ora, o que está se passando? — exigiu saber o médico no minuto seguinte, seus dedos apalpando o pulso galopante do paciente.

Um sorriso estranho tremeu nos lábios do sr. John Pendleton.

— Estou com uma overdose do seu tônico, eu acho — riu, ao notar os olhos do médico seguirem a pequena figura de Pollyanna saindo pelo portão.

CAPÍTULO 20

O QUE É MAIS SURPREENDENTE

NAS MANHÃS DE DOMINGO, Pollyanna costumava ir à igreja e à escola dominical. Nas tardes de domingo, em geral, fazia uma caminhada com Nancy. Ela tinha planejado uma durante o dia, depois da visita ao sr. John Pendleton na tarde de sábado; mas a caminho para casa da escola dominical, o dr. Chilton ultrapassou-a em sua charrete e fez seu cavalo parar.

— Que tal você me deixar levá-la para casa, Pollyanna — sugeriu ele. — Quero conversar com você um minuto. Estava justamente indo até sua casa para isso — prosseguiu, enquanto Pollyanna se acomodava ao lado. — O sr. Pendleton fez um pedido especial para você vê-lo esta tarde, SEM FALTA. Ele diz que é muito importante.

Pollyanna assentiu com a cabeça, com alegria.

— Sim, e é, eu sei. Eu vou.

O médico encarou-a com alguma surpresa.

— Não tenho certeza de que vou deixá-la ir, afinal — declarou, os olhos piscando. — Parece que você provocou mais chateação que tranquilidade ontem, minha jovem.

Pollyanna riu.

CAPÍTULO 20

— Ah, não fui eu, realmente... não na verdade, sabe, não tanto quanto a tia Polly.

O médico virou-se com um impulso.

— Sua... tia! — exclamou.

Pollyanna deu um pequeno salto no assento.

— Sim. E é tão emocionante e interessante, é como um romance, sabe? Eu... Eu vou contar para o senhor — explodiu ela, com decisão repentina. — Ele me disse para não contar para ninguém, mas ele não se importaria que o senhor soubesse, claro. Ele pediu para não mencionar nada para ELA.

— ELA?

— Sim, tia Polly. E, claro, ele QUER contar para ela diretamente em vez de eu fazê-lo... Apaixonados, assim!

— Apaixonados! — enquanto o médico repetia a palavra, o cavalo se impeliu com violência, como se a mão que segurava os arreios tivesse comandado uma impulsão forte.

— Sim — assentiu Pollyanna com alegria. — Essa é a parte do romance, sabe? Eu não sabia de nada até Nancy me contar. Ela disse que a tia Polly teve um namorado anos atrás e que eles brigaram. Ela não sabia quem ele era no começo, mas nós descobrimos agora. É o sr. Pendleton, sabe.

O médico relaxou subitamente. A mão que segurava os arreios caiu flácida no colo.

— Ah, não! Eu... não sabia — falou baixinho.

Pollyanna se apressou — eles se aproximavam da propriedade Harrington.

— Sim, e eu estou tão contente agora! Foi tão bom! O sr. Pendleton me pediu para ir morar com ele, mas claro que eu não deixaria a tia Polly desse jeito, depois de ela ter sido tão boa comigo. Então, ele me disse tudo sobre a mão e o coração da mulher que ele costumava querer e eu descobri que ele a queria de novo, e fiquei muito contente! Está claro, ele quer reconciliar-se da briga, tudo vai ficar certo agora, e tia Polly e eu moraremos lá, ou então ele virá morar conosco. Claro que a tia Polly ainda não sabe, não combinamos nada ainda; então, eu suponho que esse seja o motivo de ele querer ver-me esta tarde, com certeza.

De repente, o médico sentou-se ereto. Havia um sorriso estranho em seus lábios.

— Sim, eu posso bem imaginar que o sr. John Pendleton realmente... queira ver você, Pollyanna — ele assentiu com a cabeça enquanto puxava o arreio para o cavalo parar diante da porta.

— Lá está a tia Polly na janela — gritou Pollyanna. E num segundo mais tarde: — Não, não está... mas pensei tê-la visto!

— Não, ela não está lá... agora — confirmou o médico. Os lábios, de repente, perderam o sorriso.

Pollyanna encontrou um sr. John Pendleton muito nervoso, que a aguardava naquela tarde.

— Pollyanna — ele começou imediatamente —, fiquei tentando a noite inteira entender o que quis dizer com tudo aquilo ontem, sobre eu querer a mão e o coração de tia Polly por todos esses anos. O que você quis dizer?

— Ué... Porque vocês já foram namorados no passado; e eu fiquei tão contente que o senhor se sentisse assim agora.

— Namorados!... Sua tia Polly e eu?

Com a óbvia surpresa na voz do homem, Pollyanna arregalou os olhos.

— Bem, sr. Pendleton, Nancy disse que sim!

O homem soltou uma risadinha breve.

— Verdade? Bem, receio ter de dizer que Nancy... não sabe de nada.

— Então, vocês... não eram apaixonados? — A voz de Pollyanna ficou trágica com o desapontamento.

— Nunca.

— E NADA está saindo como se fosse um romance?

Não houve resposta. Os olhos do homem estavam fixos melancolicamente para fora da janela.

— Puxa! E tudo estava acontecendo de forma tão magnífica! — Pollyanna quase soluçava. — Eu ficaria tão contente de vir para cá com a tia Polly.

— E você não virá? — O homem fez a pergunta sem virar a cabeça.

— Claro que não... eu sou da tia Polly.

O homem virou-se agora quase bruscamente.

— Antes de ser dela, Pollyanna, você era... da sua mãe. E... era a mão e o coração da sua mãe que eu queria anos atrás.

CAPÍTULO 20

— Da minha mãe?

— Sim. Eu não tinha a intenção de lhe contar, mas talvez seja melhor, afinal, que eu o faça... — o rosto do sr. John Pendleton ficou muito pálido. Ele falava com evidente dificuldade. Pollyanna, com os olhos arregalados e medrosos e os lábios entreabertos, encarava-o fixamente. — Eu amava sua mãe, mas ela... não me amava. E depois de um tempo, ela partiu com... seu pai. Eu não sabia até então o quanto eu... me importava. De repente, o mundo todo parecia ter se tornado negro e... então... por muitos anos, fui um velho mal-humorado, chato, mal-amado e detestável... embora eu esteja longe dos 60 anos, Pollyanna. Então... um dia, como um daqueles prismas que você adora tanto, menininha, você dançou em minha vida e coloriu meu velho mundo melancólico com pinceladas de roxo e ouro, e escarlate de sua própria jovialidade brilhante. Descobri, depois de algum tempo, quem você era... e pensei, então, que nunca mais queria vê-la de novo. Eu não queria ficar me lembrando da... sua mãe. Mas... você sabe bem como tudo acabou. Eu precisava que você viesse sempre. E agora eu quero você para sempre. Pollyanna, você não vem?

— Mas, sr. Pendleton, eu... Tenho a tia Polly! — Os olhos de Pollyanna estavam embaçados com as lágrimas.

O homem fez um gesto impaciente.

— E eu? Como você supõe que vou ficar "contente" com qualquer coisa... sem você? Porque, Pollyanna, somente quando você apareceu é que me senti meio contente de viver! Mas se eu tivesse você como minha menininha, eu ficaria contente por... qualquer coisa e tentaria deixar você contente também, minha querida. Você não teria um desejo que não seria atendido. Todo o meu dinheiro, até o último centavo, deveria ser usado para deixá-la feliz.

Pollyanna parecia chocada.

— Por que, sr. Pendleton, como se eu pudesse deixar o senhor gastar comigo... todo esse dinheiro que o senhor economizou para os pagãos?

Um tom avermelhado surgiu no rosto do homem. Ele começou a falar, mas Pollyanna continuava falando.

— Além disso, alguém com tanto dinheiro como o senhor não precisa de mim para fazê-lo feliz. O senhor faz outras pessoas tão felizes ao lhes proporcionar coisas. Assim, não poderá deixar de se sentir feliz por si só. Pois, olhe só os prismas que deu para a sra. Snow e para mim, e a moeda de ouro que deu a Nancy no aniversário e...

— Sim, sim, não se preocupe com isso — interrompeu o homem. Seu rosto estava bem vermelho agora, e talvez não fosse de se espantar; não era bem por "dar coisas" que o sr. John Pendleton era mais conhecido no passado. — Tudo isso é bobagem. Não foi muita coisa, de qualquer modo... mas o que aconteceu foi por sua causa. VOCÊ deu essas coisas, não eu! Sim, foi você — repetiu, em resposta à negação chocada no rosto dela —, e isso somente serve para provar ainda mais que eu preciso de você... menininha — acrescentou, a voz abrandando em um terno pedido mais uma vez. — Se alguma vez eu for brincar do "jogo do contente", Pollyanna, você precisa vir jogar comigo.

A testa da garotinha franziu-se em uma careta melancólica.

— Tia Polly é tão boa comigo — começou, mas o homem a interrompeu abruptamente. A velha irritabilidade retornara ao seu rosto. A impaciência de quem não tolera ser contrariado tinha feito parte da natureza do sr. John Pendleton por tempo demais para ele livrar-se das amarras com facilidade.

— É claro que ela tem sido boa para você! Mas ela não a estima, eu garanto, nem a metade do que eu — protestou ele.

— Como, sr. Pendleton, ela está contente em ter...

— Contente! — interrompeu o homem, perdendo evidentemente a paciência. — Eu apostaria que a srta. Polly não sabe como ficar contente por nada! Ah, ela cumpre os deveres, eu sei. Ela é uma mulher muito CUMPRIDORA de deveres. Já tive experiência com seu "senso de dever" antes. Reconheço que não temos sido os melhores amigos nos últimos quinze ou vinte anos. Mas eu a conheço. Todo mundo a conhece, e ela não é do tipo "contente", Pollyanna. Ela não sabe ser assim. Quanto a vir morar comigo, só pergunte a ela e veja se ela não iria deixá-la vir. E, ah, garotinha, eu queria muito que viesse! — concluiu quase chorando.

Pollyanna ergueu-se com um longo suspiro.

— Tudo bem. Vou perguntar para ela — concordou, contrariada. — Claro que não estou dizendo que não gostaria de morar aqui, sr. Pendleton, mas... — ela não completou a sentença. Houve um ins-

CAPÍTULO 20

tante de silêncio, então ela acrescentou: — Bem, de qualquer jeito, estou contente por não ter dito nada a ela ontem — porque então eu supunha que ELA era requisitada também.

Sr. John Pendleton sorriu sombriamente.

— Bem, Pollyanna, suponho que foi bom não ter mencionado isso para ela... ontem.

— Não mencionei... somente contei para o médico, e é claro que ele não contará para ela.

— O médico! — gritou o sr. John Pendleton, virando-se rapidamente. — Não! O dr. Chilton?

— Sim, quando ele veio me dizer que o senhor queria me ver hoje, sabe?

— Bem, de todos os... — murmurou o homem, caindo sentado na cadeira. Então ele endireitou-se com interesse repentino. — E o que o dr. Chilton falou? — questionou.

Pollyanna franziu a testa, pensativa.

— Bem, não me lembro. Não muita coisa, acho. Ah, na verdade disse que ele podia imaginar muito bem que o senhor quisesse me ver.

— Ah, ele disse isso! — respondeu o sr. John Pendleton.

E Pollyanna pensou por que ele soltou aquela risadinha estranha e repentina.

CAPÍTULO 21
RESPOSTA PARA UMA PERGUNTA

O CÉU ESCURECIA rapidamente com o que parecia ser uma chuva com trovões, enquanto Pollyanna se apressava morro abaixo da casa do sr. John Pendleton. No meio do caminho, encontrou Nancy com um guarda-chuva. Naquela hora, entretanto, as nuvens haviam se dispersado, e a chuva não parecia tão iminente.

— Acho que *tá* indo para o norte — anunciou Nancy, espiando o céu com o rosto sério. — Achei que *tava*, o tempo todo, mas a srta. Polly quis *qu'eu* viesse aqui com isto. Ela *tava* PREOCUPADA *co'a* menina!

— É mesmo? — Pollyanna murmurou absorta, espiando as nuvens, por sua vez.

Nancy fungou um pouco.

— *Ocê* não *pareci* ter percebido o que falei — observou, zangada. — Eu disse que sua tia *tava* PREOCUPADA *c'ocê*!

— Ah — suspirou Pollyanna, lembrando-se subitamente da pergunta que ela logo deveria fazer para a tia. — Sinto muito, eu não tinha a intenção de preocupá-la.

— Bem, eu fiquei contente — retrucou Nancy, inesperadamente. — Fiquei sim!

Pollyanna a encarou.

— CONTENTE que a tia Polly ficou com medo por mim! Porque, Nancy, não é ASSIM que se brinca com o jogo: ficar contente por coisas como essa! — protestou.

— *Num* tinha jogo nisso — retrucou Nancy. — Nunca pensei nisso. *OCÊ num* parece *sabê* o que significa ter a srta. Polly PREOCUPADA *c'ocê*, menina!

— Por que, o que significa ficar preocupada? Para mim, estar preocupada é um sentimento horrível — insistiu Pollyanna. — O que mais pode significar?

Nancy balançou a cabeça.

— Bem, vou *contá* o que significa. Significa que *inté qu'ínfim* ela *tá* virando algo perto de ser gente, humana, não é *comu* se tivesse cumprindo obrigação pela menina o *tempu todu*.

— Por quê, Nancy? — protestou Pollyanna escandalizada. — Tia Polly sempre cumpre com o seu dever. Ela... ela é uma pessoa muito cumpridora de seus deveres! — inconscientemente, Pollyanna repetiu as palavras do sr. John Pendleton meia hora antes.

Nancy gargalhou.

— A menina tem razão, ela sempre é. Acho. Mas ela é algo mais agora, desde que a menina veio.

O rosto de Pollyanna mudou. Suas sobrancelhas juntaram-se em uma cara de preocupação.

— Aí está, Nancy, é isso que eu ia perguntar para você — ela suspirou. — Você acha que a tia Polly gosta de me ter aqui? Será que ela se importaria... se... se eu não estivesse mais aqui?

Nancy deu uma rápida espiada no rosto meditativo da garota. Ela esperava ser questionada a respeito disso antes e temia esse momento. Ela havia imaginado como responderia, como poderia responder honestamente sem magoar de forma cruel quem fizera a pergunta. Mas agora, AGORA, diante das novas suspeitas que se tornaram convicções por ter enviado o guarda-chuva, Nancy recebeu a pergunta de braços abertos. Ela tinha certeza de que, com a consciência tranquila, poderia deixar o coração da garotinha carente de amor sossegado.

— Se ela gosta *di tê ocê* aqui? Se ela sentia falta da menina se não tivesse aqui? — Nancy gritou indignada. — Mas *num* é bem isso que eu

tava falando *c'ocê*! Ela não me *mandô* depressinha *trazê* o guarda-
-chuva porque viu uma nuvenzinha no céu? Ela *num* me fez *carregá*
suas *coisa toda* lá *pra* baixo *pra* menina *ficá* com o quarto bonito que
queria? Porque, srta. Pollyanna, quando a menina se *alembrá* como
no começo ela odiava *tê*...

Com uma tosse sufocante, Nancy conteve-se bem a tempo.

— E não são coisas que eu consigo *dizê direitu* também — apressou-
-se Nancy, sem fôlego. — São *coisinha qui* ela faz, *qui mostra* como a
menina amoleceu o coração dela: o gato, o cachorro e o jeito com que
ela fala comigo e ah... um montão de coisa. Srta. Pollyanna, não há
como não *dizê* que ela ia *senti* sua falta, *si 'ocê num* estivesse aqui — concluiu Nancy, falando com a entusiasmada certeza de que deveria esconder a perigosa admissão que quase soltara antes. Mesmo assim,
ela não estava muito preparada para a repentina alegria que iluminou
o rosto de Pollyanna.

— Ah, Nancy, estou tão contente... contente... contente! Você não
sabe como estou contente que a tia Polly... me queira!

"Como se eu pudesse deixá-la agora!", pensou Pollyanna enquanto
subia os degraus para seu quarto momentos depois. "Sempre soube
que queria morar com tia Polly, mas creio que talvez eu não soubesse
o quanto eu queria que tia Polly... quisesse morar COMIGO!"

Pollyanna sabia que não seria nada fácil contar ao sr. John
Pendleton sobre sua decisão; temia o momento. Ela gostava muito
dele e sentia muito, porque ele parecia ser tão infeliz consigo mesmo!
Ela também sentia muito pela vida longa e solitária que o fazia tão
infeliz, e mortificada por ser a mãe a causa de ele passar aqueles
anos sombrios. Imaginou como seria a enorme casa cinzenta depois
que seu dono estivesse bem novamente, com seus aposentos silenciosos, seus pisos atulhados de lixo, sua escrivaninha desordenada...
e o coração dela apertou-se pela solidão dele. Ela gostaria que, em
algum lugar, alguém pudesse ser encontrado... E foi nesse ponto que
ela levantou-se com um pequeno grito de alegria por causa do pensamento que lhe ocorreu.

Logo que pôde, depois disso, apressou-se pela colina acima até a
casa do sr. John Pendleton e, em instantes, viu-se na enorme biblioteca escura, com ele sentado perto dela, suas mãos compridas e

magras repousando quietas sobre os braços da cadeira e seu fiel cãozinho aos pés.

— Bem, Pollyanna, será que brincaremos do "jogo do contente" até o fim dos meus dias? — perguntou, com suavidade.

— Ah, sim — exclamou Pollyanna. — Pensei na coisa mais alegre para o senhor fazer e...

— Com... VOCÊ? — questionou o sr. John Pendleton, a boca ficando um pouco mais séria nos cantos.

— N... não, mas...

— Pollyanna, você não vai me dizer não! — interrompeu uma voz repleta de emoção.

— É preciso, sr. Pendleton, eu realmente preciso. A tia Polly...

— Ela se RECUSOU a deixá-la... vir?

— E... eu nem pedi — gaguejou a garota, com tristeza.

— Pollyanna!

Pollyanna desviou o olhar. Ela não conseguia enfrentar o olhar magoado e entristecido do amigo.

— Então você nem pediu para ela!

— Não consegui, senhor, de verdade — hesitou Pollyanna. — Veja só o que descobri, sem sequer perguntar. A tia Polly me QUER com ela e... eu quero ficar também — confessou com coragem. — O senhor não sabe como ela tem sido boa para mim e... acho, de verdade, que às vezes ela está começando a ficar contente com as coisas, muitas coisas. E o senhor sabe que isso nunca acontecia. O senhor mesmo me disse isso. Ah, sr. Pendleton, eu NÃO CONSEGUIRIA deixar a tia Polly... agora.

Houve uma longa pausa. Apenas o crepitar do fogo na lenha sobre a grade quebrava o silêncio. Finalmente, no entanto, o homem falou.

— Não, Pollyanna, eu entendo. Você não poderia deixá-la... — falou ele. — Eu não vou pedir... novamente. — A última palavra foi tão baixa que era quase inaudível, mas Pollyanna ouviu.

— Ah, mas o senhor não sabe do restante — ela o relembrou com ansiedade. — Existe a coisa mais contente que o senhor PODE fazer, existe realmente!

— Não para mim, Pollyanna.

— Sim, para o senhor. O senhor DISSE. O senhor disse apenas... a mão e o coração de uma mulher e a presença de uma criança poderiam fazer um lar. E eu posso conseguir isso para o senhor... a presença de uma criança... não eu, sabe, mas outra.

— Como se eu pudesse aceitar qualquer outra além de você! — soou uma voz indignada.

— Mas o senhor vai querer, quando souber, o senhor é tão bom e gentil! Pois pense nos prismas e nas moedas de ouro e em todo esse dinheiro que poupa para os pagãos e...

— Pollyanna! — interrompeu o homem, drasticamente. — De uma vez por todas, pare com essa bobagem! Eu já tentei lhe dizer mais de uma dezena de vezes antes. Não há dinheiro para os pagãos. Eu nunca enviei um centavo para eles em minha vida. Ouviu?

Ele ergueu o rosto e se postou para ver o que aguardava, os olhos tristes de desapontamento de Pollyanna. Para seu espanto, porém, não havia nem tristeza nem desapontamento nos olhos de Pollyanna. Somente alegria e surpresa.

— Ah, ah! — ela gritou, batendo palmas. — Estou tão contente. Bem... — corrigiu ela, corando perturbada —, não quero dizer que eu não sinta pelos necessitados, mas sim que não consigo deixar de ficar contente que o senhor não queira os meninos da Índia, porque todos os outros os querem. E então, fico contente porque o senhor vai preferir o Jimmy Bean. Agora eu sei que o senhor vai acolhê-lo.

— Acolher... QUEM?

— O Jimmy Bean. Ele é a presença infantil, sabe? E ele ficará tão contente de estar aqui! Eu tive de contar para ele na semana passada que nem as senhoras da caridade do oeste o acolheriam, e ele ficou muito desapontado. Mas agora... quando ele souber disso... ele ficará tão contente!

— Ficará? Bem, eu não — declarou o homem, com decisão. — Pollyanna, isso é uma grande bobagem.

— O senhor está dizendo... que não vai ficar com ele?

— Com certeza estou dizendo exatamente isso.

— Mas ele seria uma ótima presença infantil — vacilou Pollyanna. Ela quase chorava agora. — E o senhor não PODERIA se sentir solitário com Jimmy por perto.

— Não tenho dúvidas — replicou o homem —, mas acho que prefiro a solidão.

CAPÍTULO 21

Foi então que Pollyanna, pela primeira vez em semanas, de repente, lembrou-se de algo que Nancy havia lhe contado. Ela ergueu o queixo ofendida.

— Talvez pense que um garoto simpático e esperto não seria melhor do que um velho esqueleto que o senhor mantém em algum lugar, mas eu acho que sim.

— ESQUELETO?

— Sim, a Nancy disse que o senhor tinha um em algum armário.

— Por quê, o quê... — de repente, o homem atirou a cabeça para trás e riu. Ele ria com muito gosto, na verdade, tão animado que Pollyanna começou a chorar de puro nervosismo. Quando percebeu, o sr. John Pendleton aprumou-se rapidamente na cadeira. O rosto ficou sério de imediato.

— Pollyanna, suspeito que você esteja certa, mais certa do que imagina — ele falou com simpatia. — Na verdade, eu SEI que um "garoto simpático e esperto" seria muito melhor que... o meu esqueleto no armário, mas... nem sempre estamos dispostos a fazer a troca. A tendência é se apegar aos... esqueletos, Pollyanna. No entanto, eu suponho que você possa me contar um pouco mais sobre esse garotinho simpático. — E Pollyanna contou.

Talvez a risada ou a tristeza da história de Jimmy Bean tenham dissipado o humor; conforme os pequenos e ansiosos lábios de Pollyanna narravam, tocavam um coração já estranhamente amansado. De qualquer jeito, quando Pollyanna voltou para casa naquela noite, ela levava consigo um convite para Jimmy Bean visitar o casarão com Pollyanna no próximo sábado à tarde.

— Estou tão contente, e tenho certeza de que gostará dele — suspirou Pollyanna enquanto se despedia. — Quero realmente que Jimmy Bean tenha um lar e pessoas que cuidem dele, sabe?

CAPÍTULO 22
SERMÕES E CAIXAS DE LENHA

NA TARDE em que Pollyanna contou para o sr. John Pendleton sobre Jimmy Bean, o pastor Paul Ford subiu a colina e entrou nos bosques de Pendleton, na esperança de que a beleza calada da natureza de Deus silenciasse o tumulto que Seus filhos haviam provocado.

O pastor sentia-se muito mal. Mês após mês, durante o ano passado, as condições da paróquia sob seus cuidados vinham piorando, até chegar ao ponto de parecer que, agora, por onde olhasse, ele deparava-se apenas com disputas, maledicências, escândalos e ciúmes. Ele havia discutido, implorado, retrucado e sido ignorado, às vezes, e sempre, e acima de tudo, ele rezava, com seriedade, com esperança. Mas, infelizmente, era forçado a admitir que as coisas não estavam melhores, mas bem piores.

Dois de seus diáconos discutiam seriamente por questões bobas, que somente por se alongarem acabaram se tornando sérias. Três de suas melhores colaboradoras tinham desistido da Liga das Senhoras por causa de uma pequenina fofoca aumentada por línguas maledicentes a ponto de se tornar uma chama avassaladora de escândalo. O coro se desfez por causa da quantidade de solo oferecido a uma solista por preferência. Até a Sociedade da Iniciativa Cristã fervilhava por causa da crítica aberta a dois de seus funcionários. Quanto à escola dominical, a renúncia de seu superintendente e de dois de seus professores tinha sido a última gota d'água, e foi isso que enviou o incomodado pastor até os bosques silenciosos para oração e meditação.

Sob os arcos verdejantes das árvores, o pastor analisava a situação. Em sua opinião, a crise chegara. Algo precisava ser feito... e imediatamente. Todo o trabalho na igreja passava por um impasse. Os cultos de domingo, a reunião de oração nos dias de semana, os chás de missionários, até os jantares e as atividades sociais cada vez mais tinham menos participantes. É verdade que sobravam ainda alguns trabalhadores dedicados. Mas eles serviam a propósitos diversos, em geral, e estavam sempre conscientes dos olhares críticos sobre suas obras e das línguas que não tinham nada a fazer além de conversar sobre o que os olhos viam.

E por causa disso tudo, o pastor entendia muito bem que ele (ministro de Deus), a igreja, a cidade e até a Cristandade em si sofriam e deveriam ainda sofrer mais, a menos que...

Era evidente que algo deveria ser feito, e imediatamente. Mas o quê?

Devagar, ele retirou do bolso as notas preparadas para o próximo sermão de domingo. Olhou-as, franzindo a testa. Com a boca posta em linhas sérias, muito expressivamente, ele leu em voz alta os versos sobre os quais estava determinado a falar:

"Ai de vocês, mestres da lei e fariseus, hipócritas! Vocês fecham o Reino dos Céus diante dos homens! Pois vocês mesmos não entram, nem deixam entrar aqueles que gostariam de fazê-lo.

"Ai de vocês, mestres da lei e fariseus, hipócritas! Vocês devoram as casas das viúvas e, para disfarçar, fazem longas orações. Por tudo isso serão castigados mais severamente.

"Ai de vocês, mestres da lei e fariseus, hipócritas! Vocês dão o dízimo da hortelã, do anis e do cominho, mas negligenciam os preceitos mais importantes da lei: a justiça, a misericórdia e a fé. Vocês devem praticar essas coisas, sem omitir aquelas."

Era uma denúncia amarga. Nas alamedas verdejantes dos bosques, a voz profunda do pastor soava com efeito contundente. Até os pássaros e esquilos pareciam calados, em silêncio reverente. Isso trouxe ao pastor uma percepção vívida de como essas palavras soariam no domingo, quando ele diria-as diante de seu povo na quietude sagrada da igreja.

Seu povo! Eles ERAM seu povo. Ele conseguiria fazê-lo? Ousaria fazê-lo? Ousaria não fazê-lo? Era uma denúncia temerosa, mesmo sem as palavras que se seguiriam, suas próprias palavras. Ele orou e orou. Invocou seriamente por ajuda, por orientação. Ansiava... ah, como ele ansiava seriamente! Tomar, naquela crise, o passo certo. Mas esse seria... o passo certo?

Com vagar, o pastor dobrou as folhas e as enfiou no bolso. Então, com um soluço que seria quase um resmungo, ele se lançou para baixo do pé de uma árvore e cobriu o rosto com as mãos.

Foi lá que Pollyanna o encontrou, voltando para a residência do sr. Pendleton. Com um gritinho, ela correu adiante.

— Oh, oh, sr. Ford! O senhor... O senhor não quebrou a SUA perna ou... algo assim, não é? — ofegou.

O pastor deixou cair as mãos e ergueu a cabeça de forma rápida. Tentou sorrir.

— Não, querida, não mesmo! Eu apenas estou... descansando.

— Ah! — suspirou Pollyanna, recuando um pouco. — Então, tudo bem. Veja, o sr. Pendleton TINHA quebrado a perna quando eu o encontrei, mas ele estava deitado e o senhor está sentado.

— Sim, eu estou me erguendo e não quebrei nada que os médicos não consigam arrumar.

As últimas palavras foram bem baixinhas, mas Pollyanna as ouviu. Uma mudança rápida perpassou seu rosto. Seus olhos brilharam com afetuosa compaixão.

— Eu sei o que o senhor está dizendo, algo o atormenta. Papai costumava sentir-se assim, muitas vezes. Acho que os pastores sentem-se assim, em geral. De certo modo, há muitas coisas que dependem deles.

O pastor Ford virou-se um pouco, admirado.

— SEU pai era pastor, Pollyanna?

— Sim. O senhor não sabia? Eu achava que todos sabiam. Ele casou-se com a irmã de tia Polly, e ela era minha mãe.

CAPÍTULO 22

—Ah, eu entendo, mas veja, não estou aqui há muitos anos, então não conheço todas as histórias das famílias.

—Sim, senhor... quero dizer, não, senhor — sorriu Pollyanna.

Houve uma longa pausa. O pastor, ainda sentado ao pé da árvore, parecia ter esquecido a presença de Pollyanna. Tirou alguns papéis do bolso e os desdobrou, mas não olhava para eles. Ele encarava uma folha no chão a pouca distância, e nem era uma folha bonita. Era marrom e estava morta. Observando-o, Pollyanna sentiu vaga tristeza por ele.

—É... é um belo dia — começou, esperançosa.

Por um instante não houve resposta, então o pastor ergueu o olhar e começou:

—O quê? Ah, sim! É um belo dia.

—E não está nem um pouco frio também, embora seja outubro — observou Pollyanna, ainda mais esperançosa. — O sr. Pendleton tem uma lareira, mas diz que não precisa dela. Era apenas para olhar. Eu gosto de olhar para lareiras, e o senhor?

Não houve resposta, embora Pollyanna esperasse com paciência, antes de tentar novamente, com um novo roteiro.

—O senhor gosta de ser pastor?

O pastor Ford ergueu o olhar agora, muito rapidamente.

—Se eu gosto... Por quê? É uma pergunta estranha! Por que me pergunta isso, querida?

—Nada... é apenas pelo seu jeito. Fez-me lembrar do meu pai. Ele costumava ficar assim, às vezes.

—Verdade? — a voz do pastor era educada, mas seus olhos voltaram-se novamente para a folha seca no chão.

—Sim, e eu costumava perguntar para ele, assim como fiz com o senhor, se ele ficava contente em ser pastor.

O homem sob a árvore soltou um sorriso um pouco triste.

—Bem... o que ele respondia?

—Ah, ele sempre dizia que sim, claro, mas "na maioria das vezes também dizia que não SERIA pastor nem por um minuto se não fossem os textos de rejúbilo".

—O... QUÊ? — os olhos do pastor Paul Ford deixaram a folha e encararam pensativos o rostinho alegre de Pollyanna.

— Bem, é assim que meu pai costumava chamá-los — riu ela. — Claro que a Bíblia não os chama assim. Mas tem todos aqueles textos que começam "Fiquem contentes no Senhor" ou "Rejubilem-se muito" ou "Gritem de alegria" e tudo isso, sabe? São tantos. Certa vez, quando papai se sentia especialmente mal, ele os contou. Havia oitocentos deles.

— Oitocentos!

— Sim — que mandavam regozijar-se e ficar contente, sabe? E é por esse motivo que meu pai os chamou de "textos de rejúbilo".

— Ah! — havia um olhar estranho no rosto do pastor. Seus olhos caíram nas palavras sobre o papel em suas mãos. — "Ai de vocês, mestres da lei e fariseus, hipócritas!" — Então o seu pai... gostava desses "textos de rejúbilo" — murmurou ele.

— Ah, sim — assentiu Pollyanna, enfática. — Ele disse que se sentiu melhor imediatamente, no primeiro dia em que os contou. Falou que se Deus se deu ao trabalho de nos dizer oitocentas vezes para ficarmos contentes e nos regozijarmos, Ele deve querer isso MAIS do que tudo. E papai sentiu-se envergonhado por não tê-lo feito mais. Depois disso, eles deram tanto conforto a ele, sabe, quando as coisas não iam bem, quando as Voluntárias de Auxílio brigavam, quero dizer, quando elas NÃO CONCORDAVAM com alguma coisa — Pollyanna se corrigiu com rapidez. — Foram esses textos também, segundo papai, que O fizeram pensar no jogo, e ele começou COMIGO, com as muletas, mas disse que foram os textos de rejúbilo que o fizeram começar.

— E que jogo seria esse? — indagou o pastor.

— De encontrar algo para ficar contente em tudo, sabe? Como eu disse, ele começou comigo, com as muletas — e mais uma vez Pollyanna narrou a sua história, desta vez para um homem que a ouviu com olhos meigos e ouvidos compreensivos.

Um pouco mais tarde, Pollyanna e o pastor desceram a colina de mãos dadas. O rosto de Pollyanna estava radiante. Ela adorava conversar e já estava trocando ideias com ele por algum tempo: parecia haver tantas coisas a respeito do jogo, do pai dela e da vida na velha casa que o pastor queria saber.

No sopé da colina os caminhos se separaram, Pollyanna desceu por uma rua e o pastor por outra, caminhando sozinhos.

No escritório do pastor Ford, naquela noite, ele se sentou e pensou. Perto dele, na escrivaninha, estavam algumas folhas soltas

CAPÍTULO 22

de papel: suas notas sobre o sermão. Sob o lápis suspenso em seus dedos havia outras folhas de papel, em branco, seu futuro sermão. Mas o pastor não pensava nem no que tinha escrito nem no que tinha a intenção em escrever. Em sua imaginação ele estava bem distante, em uma pequena cidade do oeste com um missionário que era pobre, doente, preocupado e quase sozinho no mundo, mas que se debruçava sobre a Bíblia para descobrir quantas vezes o senhor e Mestre tinha lhe dito para "rejubilar-se e ficar contente".

Depois de um tempo, com um longo suspiro, o pastor Ford levantou-se, voltou da longínqua cidade do oeste e ajustou as folhas de papel sob a mão.

"Mateus 23:13-14 e 23" — ele escreveu, depois, com um gesto de impaciência, derrubou o lápis e puxou em sua direção uma revista deixada sobre a escrivaninha pela esposa havia alguns minutos. Seus olhos cansados, incessantemente, viram parágrafo a parágrafo até que as seguintes palavras prenderam-no:

"Certa vez, um pai disse ao filho, Tom, sabendo que ele havia se recusado a encher a caixa de lenha da mãe naquela manhã: 'Tom, tenho certeza de que você ficará contente em buscar um pouco de lenha para sua mãe'. E sem dizer uma palavra, Tom saiu. Por quê? Apenas porque o pai mostrou muito diretamente que ele esperava que o filho fizesse a coisa certa. Imagine se ele tivesse dito: 'Tom, por acaso ouvi o que você disse à sua mãe nesta manhã, e eu estou envergonhado por você. Saia imediatamente e encha a caixa de lenha'. Garanto que aquela caixa de lenha ainda estaria vazia se dependesse de Tom!"

O pastor leu e releu: uma palavra aqui, uma linha ali, um parágrafo em algum local:

"O que os homens e mulheres necessitam é incentivo. Seus poderes naturais à resistência deverão ser fortalecidos, e não enfraquecidos... Em vez de sempre insistir em falar sobre os erros do homem, fale-lhe sobre suas virtudes. Tente tirá-lo do caminho dos maus hábitos. Prenda-se ao seu melhor, seu eu VERDADEIRO que pode ousar, fazer e vencer!... A influência de um caráter belo, solidário, esperançoso é contagiante e pode revolucionar a cidade inteira... As pessoas irradiam o que está na mente e no coração. Se um homem sente-se bom e responsável, seus vizinhos vão se sentir desse modo também, muito antes. Mas se ele ralha, reclama e critica, seus vizinhos devolverão reclamações por reclamações e com juros!... Quando se olha para o mal, esperando por ele, é isso que conseguirá. Quando se sabe que encontrará o bem... você o conseguirá... Diga a seu filho Tom que você SABE que ele ficará contente em encher a caixa de lenha, então, observe-o começando, alerta e interessado!"

O pastor deixou o papel cair e ergueu a cabeça. Em um instante ele se ergueu, andando pelo aposento estreito de um lado para o outro, de um lado para o outro. Mais tarde, pouco depois, ele soltou um longo suspiro e se largou sobre uma cadeira na escrivaninha.

— Se Deus me ajudar, vou conseguir! — exclamou com suavidade. — Vou dizer a todos os meus Toms que eu SEI que eles ficarão contentes em encher a caixa de lenha! Vou lhes proporcionar trabalho para fazer e deixá-los tão plenos da verdadeira alegria de estar fazendo que não terão TEMPO para olhar para as caixas de lenha de seus vizinhos! — e ele pegou as notas do sermão, rasgou-as e as afastou; assim, em um lado de sua cadeira estava "Mas ai de vocês" e "homens da lei e fariseus, hipócritas!", enquanto do outro lado do papel branco e liso diante dele seu lápis praticamente voava, após desenhar uma linha preta sobre Mateus 23:13-14 e 23.

Assim aconteceu. O sermão do pastor Ford no domingo seguinte era uma verdadeira chamada ao melhor que havia em cada homem, mulher ou criança que o ouviu, e seu texto foi um dos oitocentos brilhantes de Pollyanna:

"Alegrem-se no Senhor e regozijem-se, vocês que são justos! Cantem com alegria todos vocês que são justos de coração!"

CAPÍTULO 23
UM ACIDENTE

A PEDIDO DA SRA. SNOW, um dia Pollyanna foi até o consultório do dr. Chilton para pegar o nome de um remédio que ela havia esquecido. Por acaso, Pollyanna nunca tinha visto o interior do consultório do médico.

— Eu nunca tinha vindo até sua casa antes! Este É o seu lar, não é? — perguntou, olhando com curiosidade.

O médico sorriu com um pouco de tristeza.

— Sim, é isso mesmo — respondeu enquanto escrevia algo no bloco de papel —, mas é uma versão pobre de um lar, Pollyanna. São apenas aposentos e é tudo, não é um lar.

Pollyanna meneou a cabeça, como se entendesse. Seus olhos brilhavam de compreensão solidária.

— Eu sei. É preciso a mão e o coração de uma mulher ou a presença de uma criança para fazer um lar — disse ela.

— Ahn? — o médico girou bruscamente.

— O sr. Pendleton me disse — Pollyanna meneou a cabeça novamente — sobre a mão e o coração da mulher, sabe? Por que não consegue a mão e o coração de uma mulher, dr. Chilton? Ou talvez o senhor possa pegar o Jimmy Bean... se o sr. Pendleton não quiser.

Dr. Chilton riu um pouco constrangido.

— Então, o sr. Pendleton diz que é preciso a mão e o coração de uma mulher para fazer um lar, não é? — comentou, com evasivas.

— Sim. Ele diz que a casa dele também é apenas uma casa. Por que o senhor não faz isso, dr. Chilton?

— Por que não faço o quê? — o médico tinha se virado para sua escrivaninha.

— Consegue a mão e o coração de uma mulher. Ah, e eu esqueci — o rosto de Pollyanna, de repente, mostrou um tom de dor. — Acho que preciso lhe contar. Não foi a tia Polly que o sr. Pendleton amava havia muito tempo, e então nós não... vamos morar lá. Eu disse que iria, sabe, mas foi um engano. Espero que o SENHOR não tenha contado para ninguém — concluiu a frase com ansiedade.

— Não, eu não contei para ninguém, Pollyanna — respondeu o médico, de forma um pouco suspeita.

— Tudo bem, então — suspirou aliviada Pollyanna. — Sabe? Eu contei somente para o senhor e acredito que o sr. Pendleton pareceu ter achado engraçado quando eu disse ter contado ao SENHOR.

— Verdade? — Os lábios do médico se contraíram.

— Sim. E claro, ele não gostaria que muitas pessoas soubessem disso, pois não era verdade. Mas por que o senhor não arruma a mão e o coração de uma mulher, dr. Chilton?

Houve um momento de silêncio; então, com seriedade, o médico respondeu:

— Elas nem sempre estão à disposição... para serem pedidas, mocinha.

Pollyanna franziu a testa, com o rosto pensativo.

— Mas eu acho que o senhor poderia tê-las — argumentou. A ênfase no elogio era inconfundível.

— Obrigado — riu o médico, com as sobrancelhas erguidas. Então, sério novamente, falou: — Receio que algumas de suas irmãs mais velhas não sejam tão... positivas assim. Pelo menos, elas... elas não se mostraram assim tão interessadas — observou ele.

Pollyanna franziu a testa novamente. Então, os olhos dela arregalaram-se surpresos.

— Bem, dr. Chilton, o senhor não está dizendo que... tentou conseguir a mão e o coração de alguém certa vez, como o sr. Pendleton, e... não conseguiu, não é?

CAPÍTULO 23

O médico ergueu-se um pouco bruscamente.

— Ai, ai, Pollyanna, não se preocupe com isso agora. Não deixe os problemas de outras pessoas encherem sua cabecinha. Corra de volta até a casa da sra. Snow. Escrevi o nome do remédio e as instruções de como ela deve tomá-lo. Há algo mais?

Pollyanna balançou a cabeça, negando.

— Não, senhor, obrigada — murmurou séria, voltando-se para a porta. Do pequeno corredor, ela o chamou de volta, o rosto dela repentinamente iluminado: — De qualquer jeito, fico contente que não seja a mão e o coração de minha mãe que o senhor queria e não conseguiu obter, dr. Chilton. Até mais.

Foi no último dia de outubro que o acidente ocorreu. Pollyanna apressava-se para voltar para casa da escola, atravessou a rua aparentemente a uma distância segura diante de um carro que se aproximava rapidamente.

Exatamente o que ocorreu ninguém conseguiu contar mais tarde. Também não se encontrou ninguém que pudesse narrar por que aconteceu ou de quem era a culpa do ocorrido. Pollyanna, no entanto, às cinco da tarde, foi levada toda mole e inconsciente até o quartinho que lhe era tão querido. Lá, ela foi despida com carinho por uma tia Polly pálida e uma chorosa Nancy e colocada na cama, enquanto do vilarejo, convocado rapidamente pelo telefone, o dr. Warren apressava-se o mais rápido que podia em um carro que o levava.

— E nem tem precisão de *olhá pro* rosto da tia — soluçava Nancy para o velho Tom no jardim, depois que o médico havia chegado e fora conduzido ao quarto silencioso —, nem tem precisão de *olhá pro* rosto da tia dela *pra* ver que ela não agia somente pelo *devê*. As *mão num tremi* e os olhos não *parece* que *tavam* tentando afastar o próprio Anjo da Morte, quando *ocê* apenas *tá* fazendo seu *DEVÊ*, sr. Tom; eles *num* são assim, *são não*.

— Ela está machucada... é sério? — a voz do velho tremeu.

— *Num* tem como *sabê* — soluçava Nancy. — Ela tava deitada tão branca que parecia morta, mas a srta. Polly disse que ela *num tava* morta, e a srta. Polly deve *sabê*, se alguém deveria *sabê*, ela ficou *sentindu* a batida do coração e a respiração dela!

— Não dá para *contá* nada do que foi feito para ela? O quê... o quê... — o rosto do velho Tom contraiu-se convulsivamente.

Os lábios de Nancy relaxaram um pouco.

— Queria *sabê* de alguma coisa, sr. Tom, e algo bom e forte, também. Que droga! E *pensá* que eles atropelaram nossa menininha! Eu sempre odiei aquelas coisas fedidas, sempre, sempre.

— Mas onde ela machucou?

— *Num* sei, *num* sei — murmurou Nancy —, tem um cortinho na cabeça abençoada dela, mas *num* tá ruim... não seria aquilo... a srta. Polly falou. Ela tem medo que ela esteja machucada infernalmente.

Um brilho fraco surgiu nos olhos do velho Tom.

— Você quer dizer internamente, Nancy — corrigiu, seco. — Ela está ferida infernalmente, tudo bem... aquele maldito automóvel... mas não acho que a srta. Polly tenha usado essa palavra, de jeito nenhum.

— Ahn? Bem, *num* sei, eu *num* sei — murmurou Nancy, meneando a cabeça ao se virar. — Parece que *num* vou *aguentá* até o médico *saí* dali. Eu queria ter muita roupa *pra lavá*, um montão de roupa *pra lavá*, queria *memu*, queria *memu*! — lamentou-se, torcendo as mãos.

Mesmo depois de o médico partir, no entanto, parecia haver pouco que Nancy poderia contar ao velho Tom. Parecia não haver ossos quebrados, e o corte não era de grande importância, mas o médico estava muito sério, tinha balançado a cabeça lentamente, e disse que somente o tempo poderia dizer algo. Depois que ele se foi, a srta. Polly ficou com o rosto ainda mais pálido e o olhar mais distante que antes. A paciente ainda não tinha recuperado a consciência totalmente, mas no momento parecia estar descansando da forma mais confortável que se poderia esperar. Foram buscar uma enfermeira treinada para ela, que viria naquela noite. E isso era tudo. E Nancy virou-se soluçando e voltou para a cozinha.

Foi em algum momento durante a manhã seguinte que Pollyanna abriu os olhos e percebeu onde estava.

— Mas, tia Polly, o que aconteceu? Não é dia? Por que eu não me levantei? — gritou. — Por que, tia Polly, eu não consigo me levantar? — gemeu, caindo de volta ao travesseiro, após uma tentativa ineficaz para se erguer.

CAPÍTULO 23

— Não, querida, nem tente, ainda não — a tia acalmou-a rapidamente, mas bem baixinho.

— Mas o que aconteceu? Por que não consigo me levantar?

Os olhos da tia Polly voltaram-se agoniados para a jovem de branco postada perto da janela, fora do alcance dos olhos de Pollyanna.

A jovem fez que sim com a cabeça. "Conte para ela", diziam os lábios.

A srta. Polly deu um pigarro e tentou engolir o nó na garganta que mal a deixava falar.

— Você foi ferida, querida, por um automóvel na noite passada, mas não se preocupe com isso agora. Titia quer que você descanse e volte a dormir.

— Ferida? Ah, sim... eu... eu corri — os olhos de Pollyanna estavam aturdidos. Ela ergueu a mão à testa. — Por que está... confuso e... está doendo!

— Sim, querida, mas não se incomode. Descanse, apenas descanse.

— Mas, tia Polly, eu me sinto estranha e muito mal! Minhas pernas estão... tão esquisitas... na verdade, não SINTO nada... nadinha.

Com uma expressão de socorro para a enfermeira, a srta. Polly lutou para se erguer e se virou. A enfermeira aproximou-se rapidamente.

— Deixe-me conversar com você, agora — começou ela de uma forma simpática. — Acho que está na hora de nos conhecermos e vou me apresentar. Sou a srta. Hunt e vim ajudar a sua tia a cuidar de você. E a primeira coisa que vou fazer é pedir que você tome estes comprimidos brancos.

Os olhos de Pollyanna indignaram-se um pouco.

— Mas eu não quero que tomem conta de mim, isto é, não por muito tempo. Eu quero me levantar. Vocês sabem que eu vou à escola. Não posso ir à escola amanhã?

Da janela onde a tia Polly estava agora veio um pequeno soluço meio abafado.

— Amanhã? — sorriu a enfermeira, animada. — Bem, acho que não vou conseguir liberá-la tão rapidamente, srta. Pollyanna, mas tome estes comprimidos, por favor, e veremos o que eles conseguem fazer.

— Tudo bem — concordou Pollyanna, com um pouco de dúvida —, mas eu PRECISO ir para a escola depois de amanhã, tenho provas, sabe?

Ela insistiu novamente, um minuto depois. Falou da escola e do carro e de como a cabeça dela doía, mas em breve a voz dela sumiu em silêncio, sob a influência abençoada das pequenas pílulas brancas que ela havia tomado.

CAPÍTULO 24
JOHN PENDLETON

POLLYANNA não foi à escola no dia seguinte nem no outro dia. Ela, entretanto, não percebeu nada, exceto por um instante, quando um breve período de consciência plena enviou perguntas insistentes a seus lábios. Na verdade, Pollyanna não percebeu nada muito claramente, até que uma semana se passou. Então, a febre cedeu, a dor, de alguma forma, diminuiu, e a mente dela despertou para a consciência plena. Então, precisaram contar para ela várias vezes o que havia ocorrido.

— Então, eu estou machucada e não doente — suspirou finalmente. — Bem, estou contente que seja isso.

— C... contente, Pollyanna? — perguntou a tia, sentada na cama.

— Sim. Eu prefiro mil vezes ter pernas quebradas como o sr. Pendleton que ficar inválida para sempre como a sra. Snow, sabe? As pernas quebradas recuperam, e os inválidos não.

A srta. Polly, que não tinha dito nada a respeito de pernas quebradas ergueu-se, de repente, e caminhou até a pequena cômoda do outro lado do quarto. Segurou um objeto após o outro e os colocou de volta, de uma forma aleatória que contrastava com sua determinação de sempre. No entanto, seu rosto não parecia sem objetivo, estava pálido e abatido.

Na cama, Pollyanna ficava deitada, piscando com as tiras dançantes coloridas no teto, que vinham de um dos prismas na janela.

— Fico contente por não ter sido pega pela catapora também — murmurou feliz. — Isso seria pior do que sardas. E estou contente que não seja tosse comprida, eu já tive isso, e é terrível... e estou contente por não ser apendicite ou sarampo, porque elas são contagiosas, sarampo, quero dizer, e não permitiriam que vocês ficassem aqui.

— Você parece estar tão... tão contente com tantas coisas boas, querida — gaguejou a tia Polly, colocando a mão sobre a garganta como se fosse um colar.

Pollyanna riu suavemente.

— E estou. Eu venho pensando nelas... em vários delas... o tempo todo em que fico olhando para o arco-íris. Adoro o arco-íris. Fico tão feliz pelo sr. Pendleton ter me dado estes prismas. Fico contente por coisas que ainda não falei. Eu não sei, mas fico ainda mais contente por ter sido ferida.

— Pollyanna!

Pollyanna riu suavemente de novo. Ela virou os olhos luminosos para a tia.

— Bem, veja só, desde que fiquei machucada, a senhora me chamou de "querida" diversas vezes... o que nunca tinha acontecido antes. Eu adoro ser chamada de "querida" por pessoas chegadas. Algumas senhoras da Liga me chamavam assim, e claro que isso era bastante gentil, mas não tão bom quanto quando vem da família, como da senhora. Ah, tia Polly, estou tão contente pela senhora ser da minha família.

Tia Polly não respondeu. A mão dela pairou sobre a garganta novamente. Os olhos estavam cheios de lágrimas. Ela tinha se virado e se apressava para sair do quarto pela porta pela qual a enfermeira acabara de entrar.

Foi nessa tarde que Nancy encontrou-se com o velho Tom, que limpava arreios na cocheira. Seus olhos pareciam arder.

— Sr. Tom, sr. Tom, adivinhe o que aconteceu — falou, ofegante. — O *sinhô* não adivinharia nem em mil anos, não conseguiria de jeito algum.

CAPÍTULO 24

— Então nem vou tentar — retrucou o homem, sisudo —, especialmente porque nem tenho mais DEZ para viver, provavelmente. É melhor você me contar rapidinho, Nancy.

— Bem, ouça, então. Quem o *sinhô* acha que está na sala com a senhora? Quem, eu lhe pergunto.

O velho Tom fez que não sabia com a cabeça.

— Não precisa contar — declarou ele.

— Mas eu vou *contá*. É o sr. John Pendleton.

— Não é possível! Você está brincando, garota.

— *Num tô memu*, e se eu *tivé* mentindo que eu vire ele, de muletas e tudo. E o grupo que veio com ele está esperando-o neste minuto à porta, como se ele não fosse aquele velhote mal-humorado e ranzinza que é, que nunca fala com ninguém; pense nisso, sr. Tom: ELE visitando ELA.

— E por que não? — perguntou o velho, de forma um pouco agressiva.

Nancy lançou-lhe um olhar de escárnio.

— Como se não soubesse *mió* que eu! — zombou ela.

— Ahn?

— Ah, não precisa *dá* uma de inocente — retrucou ela, com indignação zombeteira —, foi o *sinhô memu* que me deu a pista primeiro.

— O que está dizendo?

Nancy espiou pela porta aberta da cocheira na direção da casa e aproximou um passo do velhinho.

— Escute! Foi o *sinhô* que me disse primeiro que a srta. Polly tinha um namorado, não foi? Bem, um dia eu juntei dois mais dois, somando tudo dá quatro. Só que dá cinco e não quatro de jeito algum.

Com um gesto de indiferença o velho Tom virou-se e voltou ao trabalho.

— Se quiser conversar comigo, você tem de falar com bom-senso — declarou irritado. — Nunca fui bom em adivinhar.

Nancy riu.

— Bem, é isso — explicou ela. — Ouvi algo que me fez *pensá* que ele e a srta. Polly namoraram.

— O SR. PENDLETON! — o velho Tom endireitou-se.

— Sim. Ah, e eu sei agora, não era ele. Ele estava apaixonado pela mãe da abençoada menina, e foi por essa razão que ele a queria... mas não se preocupe com essa parte — acrescentou ela rapidamente, lembrando bem a tempo a sua promessa a Pollyanna de não contar a ninguém que o sr. Pendleton queria que ela fosse morar com ele. — Bem, andei *preguntando* às *pessoa* sobre ele *desdi* então e descobri que ele e a srta. Polly não são amigos há anos e que ela odeia ele desde que começaram a fazer fofocas bobas sobre os dois quando ela tinha 18 ou 20 anos.

— Sim, eu me lembro — assentiu o velho Tom. — Foram três ou quatro anos depois que a srta. Jennie o recusou e partiu com o pastor. A srta. Polly sabia disso, é claro, e ficou com pena dele. Ela tentou ser gentil com ele, ela odiava aquele pastor que tinha levado a irmã dela. De qualquer modo, alguém começou a fazer fofoca, dizendo que ela estava correndo atrás dele.

— Correndo atrás de um homem! — admirou-se Nancy.

— Sei disso, mas fizeram fofocas — prosseguiu o velho Tom —, e, claro, nenhuma garota com fibra aguentaria isso. Depois, mais ou menos nessa época apareceu o namorado de verdade e o problema com ELE. Depois disso, ela fechou-se como uma ostra e não quis ter nenhum relacionamento com ninguém por nada. Parece que o coração ficou amargurado demais.

— Sim, sei. Ouvi *falá* nisso agora — Nancy retomou a conversa. — E é por esse motivo que eu poderia ser derrubada a nocaute por uma pena quando O vi na porta... ele, com quem ela não fala há anos... Mas eu o deixei *entrá* e fui *falá* com ela.

— O que ela falou? — o velho Tom segurou a respiração.

— No começo, nada. Ela ficou tão calada que achei que ela não tivesse ouvido, e eu ia repetir tudo de novo quando ela me falou assim: "Diga ao sr. Pendleton que já vou descer". E eu fui e disse isso *pra* ele. Depois eu vim *pra* cá e contei *pro sinhô*.

— Puff! — grunhiu o velho Tom, que voltou ao trabalho de novo.

Na imponente sala da propriedade Harrington, o sr. John Pendleton não teve de esperar muito, antes de passadas rápidas o avisarem de que a srta. Polly chegava. Quando ele tentou se levantar, ela fez um gesto para ele permanecer sentado. Ela não estendeu a mão, no entanto, e o rosto era frio e reservado.

— Eu vim saber de Pollyanna — começou ele de imediato, um pouco bruscamente.

CAPÍTULO 24

— Obrigada. Ela está na mesma — respondeu a srta. Polly.

— E isso quer dizer... que a senhora não vai me dizer COMO ela está? — sua voz não estava tão firme desta vez.

Um rápido espasmo de dor cruzou o rosto da mulher.

— Eu não posso, mas gostaria muito de poder lhe dizer algo.

— A senhorita está dizendo que... não sabe de nada?

— Sim.

— Mas... e o médico?

— O próprio dr. Warren parece... perdido. Ele está se comunicando agora com um especialista de Nova York. Arrumaram uma consulta imediata.

— Mas quais são os FERIMENTOS, o que a senhorita sabe?

— Um leve corte na cabeça, algumas escoriações e... um traumatismo na coluna, que parece ter provocado paralisia dos quadris para baixo.

Um grito abafado saiu do homem. Houve um breve silêncio, depois, ele perguntou ansioso:

— E a Pollyanna... como ela recebeu isso?

— Ela não entende... nada... sobre o que ocorreu. E eu NÃO CONSIGO explicar para ela.

— Mas ela deve saber... alguma coisa!

A srta. Polly ergueu a mão ao colarinho no pescoço, naquele gesto que se tornara tão comum para ela ultimamente.

— Ah, sim. Ela sabe que não consegue... se mexer, mas ela acha que as pernas estão quebradas. Ela diz que está contente que seja isso, como as do senhor, do que ficar "inválida para sempre" como a sra. Snow, pois as pernas quebradas se recuperam, já o outro caso não. Ela fala assim o tempo todo, até... tenho até vontade de... morrer!

Apesar de as lágrimas embaçarem sua visão, o homem observou o rosto crispado do outro lado, tomado pela emoção. Sem querer, seus pensamentos voltaram para o que Pollyanna havia dito quando ele tinha implorado pela presença dela, pela última vez: "Ah, eu não posso abandonar a tia Polly!".

Foi esse pensamento que o fez perguntar com cuidado, tão logo conseguiu controlar a voz:

— Eu gostaria de perguntar, se a senhorita sabe, srta. Harrington, o quanto tentei conseguir que Pollyanna fosse morar comigo.

— Com o SENHOR?

O homem retraiu-se um pouco com o tom da voz dela, mas sua própria voz ainda soava impessoal e fria quando ele voltou a falar.

— Sim, eu queria adotá-la... legalmente, entende? Torná-la minha herdeira, claro.

A mulher, na cadeira do outro lado, relaxou um pouco. Ela percebeu, de repente, que futuro brilhante essa adoção significaria para Pollyanna... imaginou se Pollyanna tinha idade suficiente e se era mercenária o bastante para se sentir tentada pelo dinheiro e pela posição do homem.

— Gosto muito de Pollyanna — prosseguiu o homem. — Gosto dela tanto por ela mesma quanto pela... mãe dela. Estava pronto para dar a Pollyanna o amor que esteve guardado em mim por 25 anos.

— AMOR!

De repente, a srta. Polly lembrou-se do motivo de ELA ter acolhido aquela criança... Com a lembrança, veio-lhe à memória as palavras de Pollyanna pronunciadas naquela manhã: "Eu adoro ser chamada de 'querida' por pessoas da família!". E foi isso o que essa garotinha carente de amor tinha recebido no amor guardado por 25 anos: e ela tinha idade suficiente para ser tentada pelo amor! Com o coração apertado, a srta. Polly percebeu isso. Com o coração ainda apertado, percebeu mais uma coisa: como seu próprio futuro seria terrível sem Pollyanna.

— Bem... — começou ela. E o homem, reconhecendo o autocontrole que vibrava por meio da aspereza do seu tom de voz, sorriu com tristeza.

— Ela não quis ir — explicou ele.

— Por que não?

— Ela não queria deixá-la. Ela disse que a senhorita é muito boa com ela. Ela queria ficar com a senhorita... e disse que ACHAVA que a senhorita queria que ela ficasse... — ele terminou enquanto se levantava da cadeira.

Ele não olhou na direção da srta. Polly. Virou o rosto, decidido, na direção da porta. Mas ao mesmo tempo, ele ouviu um passo rápido ao seu lado e encontrou uma mão estendida na sua direção.

— Quando o especialista vier e eu souber de alguma coisa... definitiva sobre Pollyanna, eu o aviso — explicou uma voz trêmula. — Até breve... e obrigada por ter vindo. Pollyanna ficará muito feliz por saber.

CAPÍTULO 25
UM JOGO
DE ESPERA

NO DIA SEGUINTE à visita do sr. John Pendleton até a mansão, a srta. Polly pôs-se na tarefa de preparar Pollyanna para a visita do especialista.

— Pollyanna, minha querida — começou baixinho —, decidimos que queremos ver outro médico além do dr. Warren. Outro médico poderá nos dizer algo novo para... ajudá-la a se recuperar mais rapidamente, quem sabe.

Uma luz alegre iluminou o rosto de Pollyanna.

— O dr. Chilton! Ah, tia Polly, eu adoraria ver o dr. Chilton! Eu queria vê-lo o tempo todo, mas eu temia que a senhora não quisesse, por causa daquilo de ele ter visto a senhora no solário no outro dia, então não disse nada a ninguém, mas estou tão contente que queira vê-lo!

Tia Polly ficou pálida, então, corou, depois voltou a ficar pálida. Ao responder, porém, demonstrou claramente que tentava parecer animada e alegre ao falar.

— Ah, não, querida! Não é do dr. Chilton que estou falando. É um médico novo, muito famoso de Nova York, que... que sabe muito... sobre... ferimentos como o seu.

O rosto de Pollyanna murchou.

— Não acho que ele saiba metade do que o dr. Chilton sabe.

— Ah, sim, ele sabe sim, minha querida.

— Mas foi o dr. Chilton que curou a perna quebrada do sr. Pendleton, tia Polly. Se... a senhora não se opuser... MUITO, eu GOSTARIA de vê-lo, com certeza!

Uma cor pálida espalhou-se pelo rosto da srta. Polly. Por um instante, ela não falou nada, então, começou com a voz baixa... embora ainda com um toque da sua seriedade direta:

— Mas eu me oponho, Pollyanna, eu me oponho muito. Eu faria qualquer coisa... quase qualquer coisa por você, minha querida, mas por... por motivos que não convém falar agora, não quero que o dr. Chilton seja chamado agora... neste caso. E acredite em mim, ele NÃO sabe tanto sobre... sobre o seu problema, como este médico importante que vem de Nova York amanhã.

Pollyanna ainda não parecia convencida.

— Mas, tia Polly, se a senhora AMASSE o dr. Chilton.

— O QUÊ, Pollyanna? — A voz da tia Polly estava bem áspera agora. O rosto estava bem avermelhado também.

— Eu disse que, se a senhora amasse o dr. Chilton e não o outro — suspirou Pollyanna —, parece que isso faria alguma diferença no bem que ele poderia fazer; e eu amo o dr. Chilton.

A enfermeira entrou no quarto e tia Polly ergueu-se bruscamente, com uma expressão de alívio no rosto.

— Sinto muito, Pollyanna — retrucou um pouco rispidamente —, mas receio que você tenha de deixar isso por minha conta, desta vez. Além disso, já está tudo combinado. O médico de Nova York chega amanhã.

Mas, na verdade, aconteceu que o médico não chegou "amanhã". No último momento um telegrama anunciou um atraso inevitável devido à doença do próprio especialista. Isso fez Pollyanna insistir novamente pela substituição pelo dr. Chilton, o que seria mais fácil, com certeza.

Mas, como antes, tia Polly sacudiu a cabeça e insistiu, "não, querida", muito decidida, mesmo assegurando que faria qualquer coisa, qualquer coisa exceto isso, para agradar a sua querida Pollyanna.

Conforme os dias se passavam, um a um, parecia realmente que tia Polly fazia de tudo (exceto aquilo) para agradar a sobrinha.

CAPÍTULO 25

— Eu não acredito: o *sinhô* não poderia me *fazê acreditá* — conversava Nancy com Tom certa manhã. — Não parece *havê* um minuto no dia em que a tia Polly não esteja de tocaia para fazer algo para aquele carneirinho abençoado, se até deixa o gato... e se ela não deixava nem Fluffy nem Buffy subir por dinheiro no mundo há uma semana, agora ela *deixa eles* rolarem na cama somente *pra agradá* a srta. Pollyanna! E quando não *tá* fazendo nada, ela fica mexendo naqueles *vidrinho pendurado pra fazê* "a dança dos arco-íris", conforme a menina abençoada costuma chamar. Ela mandou Timothy até a estufa dos Cobb três vezes *pra comprá* flores novas, e isso além de todos os ramalhetes que ela mesma busca. E, no outro dia, eu *num* encontrei ela sentada na frente da cama com a enfermeira fazendo o cabelo dela, e a srta. Pollyanna olhando e mandando nela da cama, com os olhos brilhando e felizes? E eu declaro por bondade que a srta. Polly não vai *usá otro* penteado além daquele todos os dias, *só pra agradá* a menina abençoada.

O velho Tom soltou uma risada.

— Bem, eu também fui pego de surpresa e não estava nada mal, quando vi a srta. Polly com aqueles cachos na testa — observou ele secamente.

— Claro que não — retrucou Nancy indignada. — Ela parece com a GENTE agora, na verdade, ela está quase...

— Cuidado, Nancy — interrompeu o velho, com um sorriso vagaroso. — Você sabe o que disse quando eu falei que ela era bonita.

Nancy deu de ombros.

— Ela não é bonita, é claro, mas ela não parece a *mema muié* com aquelas *fita* e *renda* que ficam balançando e que a srta. Pollyanna faz ela *usá* em volta do pescoço.

— Eu falei *pr'ocê* — o velho balançou a cabeça —, eu falei *pr'ocê* que ela não era *veia*. — Nancy riu.

— É verdade, eu respondi que ela era uma boa imitação de *veia*, antes de a srta. Pollyanna *chegá*. Diga, Tom, quem era o namorado dela? Ainda não descobri, não consegui, não consegui.

— Ah, não? — perguntou o velho com um olhar estranho no rosto.

— Bem, então, acho que não é de mim que vai *descobri*.

— Ah, seu Tom, *vamu* lá — adulou a mulher. — Veja só, não tem muita gente aqui *pra* quem eu possa *perguntá*.

— Talvez não. Mas tem um aqui, de qualquer modo, que não vai *respondê* — o velho Tom sorriu. Depois, bruscamente, a luz desapareceu de seus olhos. — Como ela está hoje, a menininha?

Nancy sacudiu a cabeça. O rosto dela também ficou sério.

— *Mema* coisa, seu Tom. Não há diferença nenhuma, pelo que vejo, ou *qualqué* um *vê*, acho. Ela só fica lá e dorme, e fala um pouco, e tenta sorrir e *ficá* "contente" porque o sol se põe ou a lua surge, ou alguma outra coisa *iguá*; é de *cortá* o coração.

— Eu sei como é o jogo... Deus abençoe aquele doce coração! — concordou o velho Tom, piscando um pouco.

— Então, ela TE contou também... do jogo?

— Ah, claro. Ela me contou há muito tempo — o velho hesitou, depois prosseguiu, seus lábios se torcendo um pouco. — Eu *tava* resmungando um dia, porque eu *tava* todo torto e roto, e sabe o que a menininha me disse?

— Não consigo *imaginá*. Eu não consigo *pensá* em NADA *pra ficá* contente com isso!

— Ela conseguiu. Ela disse que eu podia *ficá* contente, de *qualqué* modo, que eu não tinha que me *curvá* tanto *pra carpi*, porque eu já estava meio curvado.

Nancy soltou uma bela risada.

— Bem, a gente vem jogando isso... esse jogo... desde quase o primeiro momento, pois não havia ninguém mais para ela brincar disso... embora ela fale de... sua tia.

— A SRTA. POLLY?

Nancy quase engasgou de rir.

— Acho que você não tem uma opinião muito diferente da minha — ela se controlou.

O velho Tom enrijeceu-se.

— Eu só *tava* pensando que seria... uma *baita* surpresa... para ela — ele explicou, sério.

— Bem, sim, acho que seria... NA ÉPOCA — retrucou Nancy —, *num tô* dizendo que seria AGORA. Eu acredito em *qualqué* coisa da senhora agora... até mesmo de pegá-la brincando com o jogo!

— Mas não teria a menininha contado para ela? Ela *contô pra* todo mundo, acho. Eu ouço de todo mundo, de toda a parte, agora que ela está machucada — afirmou Tom.

— Bem, ela não *contô pra* srta. Polly — Nancy replicou. — A srta. Pollyanna me disse há muito tempo que não conseguiu *contá pra* ela, porque a tia *num* queria que ela falasse do pai, e era o jogo do pai

CAPÍTULO 25

dela, e ela precisava *falá* nele se quisesse *contá pra* ela. Então ela nunca *contô*.

— Ah, tá — o velho balançou a cabeça vagarosamente. — Eles sempre foram muito amargos sobre o ministro, todos eles, porque ele levou a srta. Jennie *pra* longe deles. E a srta. Polly, jovem como era, nunca o perdoou. Ela era muita chegada na srta. Jennie. Entendo, entendo. Foi uma confusão — suspirou enquanto se virava.

— Sim, foi, por toda parte, por toda parte — suspirou Nancy por sua vez, retornando à cozinha.

Aqueles dias de espera não eram fáceis para ninguém. A enfermeira tentava parecer alegre, mas seus olhos traíam-na. Era evidente que o médico estava nervoso e impaciente. A srta. Polly falou pouco, mas até mesmo as ondas suaves de cabelo sobre o rosto dela e as rendas no pescoço não conseguiam disfarçar o fato de que ela estava ficando mais magra e pálida. Quanto a Pollyanna, ela acariciava o cachorro, alisava a cabeça esguia do gato, admirava as flores, comia as frutas e geleias que eram levadas até ela e devolvia inúmeras respostas carinhosas às incontáveis mensagens de amor e de curiosidade que eram enviadas a ela. Contudo, ela também estava mais pálida e magra; e a atividade nervosa das pobres mãozinhas e braços apenas realçava a ausência de movimento dos pezinhos e pernas, outrora tão ativos e que agora jaziam quietos sob as cobertas.

Quanto ao jogo, Pollyanna contou a Nancy nesses dias como ela ficaria contente quando pudesse ir à escola novamente, ir visitar a sra. Snow, dar uma passada no sr. Pendleton e passear de carroça com o dr. Chilton. Nem ela percebeu que todos esses "contentes" estavam no futuro e não no presente. Nancy, no entanto, percebeu... e quando se viu sozinha, chorou por causa disso.

CAPÍTULO 26
UMA PORTA ENTREABERTA

APENAS UMA SEMANA depois da ocasião em que o dr. Mead, o especialista, era aguardado pela primeira vez, ele chegou. Era um homem alto, de ombros largos, com olhos cinzentos amáveis e um sorriso alegre. Pollyanna gostou dele de imediato e lhe disse isso.

— O senhor parece muito com o MEU médico, sabe? — acrescentou ela, mostrando-se interessada.

— O SEU médico? — dr. Mead olhou com surpresa evidente para o dr. Warren, que conversava com a enfermeira a alguns passos de distância. O dr. Warren era um homem pequeno, de olhos castanhos, com uma barba castanha pontuda.

— Ah, ELE não é o meu médico — sorriu Pollyanna, adivinhando-lhe o pensamento. — O dr. Warren é o médico da tia Polly. O meu médico é o dr. Chilton.

— Ah-h! — respondeu o dr. Mead, estranhando um pouco, seus olhos repousando sobre a srta. Polly, que corou vivamente e virou-se logo, afastando-se.

— Sim — hesitou Pollyanna, depois continuou com sua sinceridade costumeira. — Veja só, eu queria o dr. Chilton o tempo todo, mas a tia

CAPÍTULO 26

Polly insistiu no senhor. Ela disse que o senhor sabia mais que o dr. Chilton sobre alguma coisa... sobre pernas quebradas como as minhas. E claro, se o senhor sabe mesmo, fico contente por isso. O senhor sabe mesmo?

Algo que Pollyanna não conseguiu captar muito bem o que era perpassou rapidamente o semblante do médico.

— Somente o tempo poderá dizer isso, garotinha — respondeu ele gentilmente, depois virou o rosto sério na direção do dr. Warren, que tinha de se aproximar da cama.

Todos disseram depois que foi o gato que tinha feito aquilo. Com certeza, se Fluffy não tivesse cutucado insistentemente a pata e o nariz contra a porta fechada de Pollyanna, a porta não teria se aberto com um ranger das dobradiças até talvez uns 30 centímetros. E se a porta não estivesse aberta, Pollyanna não teria ouvido as palavras da tia.

No saguão, os dois médicos, a enfermeira e a srta. Polly conversavam em pé. No quarto de Pollyanna, Fluffy acabara de saltar para cama com um "miau" de alegria quando se ouviu pela porta aberta a exclamação agoniada bem clara e aguda de tia Polly.

— Isso não, doutor, isso não! O senhor não está dizendo que... a menina... NUNCA vai andar de novo!

Foi uma confusão, então. Primeiramente, do quarto veio um grito aterrorizado de Pollyanna, "tia Polly, tia Polly!". Depois, tia Polly, vendo a porta aberta e percebendo que suas palavras tinham sido ouvidas, soltou um lamento baixo e, pela primeira vez em sua vida, caiu desmaiada.

A enfermeira, com um abafado "Ela ouviu!", disparou afoita em direção à porta aberta. Os dois médicos ficaram com a srta. Polly. O dr. Mead precisou ficar, ele amparou a srta. Polly quando ela caiu. O dr. Warren estava ao lado, inútil. Somente quando Pollyanna gritou novamente com a voz aguda é que os dois homens, com um olhar desesperado um para o outro, entenderam a obrigação imediata de fazer a mulher nos braços do dr. Mead voltar a si para aquele infortúnio.

No quarto de Pollyanna, a enfermeira encontrou um gato cinza ronronante tentando atrair a atenção de uma garotinha pálida, com o olhar selvagem, em vão.

— Srta. Hunt, por favor, eu quero a tia Polly. Eu quero que ela venha aqui já, rápido, por favor!

A enfermeira fechou a porta e se adiantou apressadamente. Seu rosto estava muito pálido:

— Ela... ela não pode vir agora neste minuto, querida. Ela virá... daqui a pouco. O que é? Eu não posso ajudá-la?

Pollyanna balançou a cabeça.

— Mas eu quero saber o que ela acabou de dizer... agorinha mesmo. Você a ouviu? Eu quero a tia Polly... Ela disse alguma coisa. Eu quero que ela me diga que não é verdade... não é verdade!

A enfermeira tentou falar, mas as palavras não vinham. Algo no rosto dela transmitiu um terror adicional aos olhos de Pollyanna.

— Srta. Hunt, você a OUVIU! É verdade. Ah, não é verdade! Você não está dizendo que eu nunca vou andar... de novo?

— Calma, calma, querida... não fique assim, não fique assim! — balbuciou a enfermeira. — Talvez ele não saiba. Talvez ele esteja enganado. Muitas coisas podem acontecer, sabe?

— Mas tia Polly disse que ele sabia! Ela disse que ele sabia mais que qualquer pessoa... sobre pernas quebradas como as minhas!

— Sim, sim, eu sei, querida, mas todos os médicos cometem enganos de vez em quando. Só... só... não pense mais nada sobre isso agora, por favor, querida.

Pollyanna agitou os braços de modo selvagem.

— Mas eu não consigo deixar de pensar nisso — soluçou. — É só nisso que eu consigo pensar. Então, srta. Hunt, como eu irei para a escola, ou verei o sr. Pendleton ou a sra. Snow ou... qualquer outra pessoa? — Ela segurou a respiração e soluçou descontroladamente por um instante. De repente, ela parou e ergueu o olhar, com um novo terror nos olhos. — Então, srta. Hunt, se eu não puder andar, como eu ficarei contente novamente... por QUALQUER COISA?

A srta. Hunt não conhecia "o jogo", mas sabia que sua paciente deveria ser acalmada imediatamente. Apesar de sua própria perturbação e desconsolo, as suas mãos não estavam inativas, e agora ela estava em pé ao lado da cama com o remédio, pronta para acalmá-la.

— Aqui, tome isto, querida, tome isto — ela a sossegou. — Aos poucos, você vai se sentir mais descansada e veremos o que poderá ser feito, então. As coisas não são tão ruins quanto parecem, querida, na maioria das vezes, sabe?

Pollyanna obedeceu, tomou o remédio e bebericou a água do copo da mão da srta. Hunt.

— Eu sei, parece com as coisas que papai costumava dizer — gaguejou Pollyanna, com as lágrimas cegando os olhos. — Ele dizia que sempre havia algo em tudo que poderia ser pior, mas desconfio que ele nunca ouviu que não poderia mais andar. Eu não vejo como algo PODE ser pior que isso... a senhorita vê?

A srta. Hunt não respondeu. Ela não podia confiar no que falaria naquele momento.

CAPÍTULO 27
DUAS VISITAS

NANCY foi enviada para contar ao sr. John Pendleton o veredicto do dr. Mead. A srta. Polly lembrou-se da promessa de lhe passar informações diretas da casa. Ir pessoalmente ou escrever uma carta, ela sentia ambos quase fora de propósito. Ocorreu-lhe, então, de enviar Nancy.

Houve um tempo em que Nancy teria se alegrado muito com essa oportunidade extraordinária de ver algo da casa misteriosa, mas hoje seu coração estava pesado demais para se alegrar com alguma coisa. Na verdade, ela mal olhou para os lados durante os poucos minutos em que aguardou o sr. John Pendleton surgir.

— Sou Nancy, *sinhô* — começou ela respeitosamente, em resposta ao questionamento surpreso de seus olhos quando ele entrou na sala. — A srta. Harrington me enviou para falar sobre... a srta. Pollyanna.

— Bem...

Apesar da brevidade da palavra, Nancy entendeu bem a ansiedade que se escondia por trás daquela palavra curta "bem"...

— *Num* são boa *notícia*, sr. Pendleton — gaguejou.

— A senhora não está me dizendo... — ele fez uma pausa e baixou a cabeça com tristeza.

CAPÍTULO 27

— Sim, *sinhô*. Ele disse que... ela não vai *voltá* a *andá*... nunca mais.

Por um instante houve silêncio absoluto no aposento; então o homem falou, com a voz abalada pela emoção.

— Pobre... menininha! Pobre... menininha!

Nancy o encarou, mas baixou o olhar imediatamente. Ela nunca imaginou que aquele ácido, rabugento e sisudo John Pendleton pudesse ficar daquele jeito. Em um instante ele falou de novo, ainda com a voz baixa e instável.

— Tão cruel... nunca mais dançar à luz do sol! Minha garotinha do prisma!

Houve mais silêncio, então, subitamente, o homem perguntou:

— Ela mesma ainda não está sabendo, não é?

— Mas sabe sim, *sinhô* — soluçou Nancy. — E isso deixa tudo ainda *pió*. Ela descobriu... aquele gato maldito! Desculpe, *sinhô* — falou a mulher, apressada. — É que o gato *empurrô* e abriu a porta, e a srta. Pollyanna *ouviu eles* falando. Ela descobriu... assim.

— Pobre... menininha! — suspirou o homem novamente.

— Sim, *sinhô*. O *sinhô* diria isso se pudesse *vê ela* — soluçou Nancy. — Apenas *vi ela* duas vezes desde que descobriu, e eu desabei as duas vezes. Tudo é tão novo para ela, e não para de *pensá* nas coisas que ela não consegue *fazê*... AGORA. Ela também *tá* preocupada porque *num* parece *ficá* contente... mas talvez o *sinhô* não conheça o jogo — desculpou-se.

— "O jogo do contente"? — questionou o homem. — Ah, sim, ela me contou sobre ele.

— Ah, verdade? Bem, acho que ela contou para a maioria das pessoas, mas veja, agora ela... não consegue *brincá* disso mais, e isso a preocupa. Ela diz que *num* consegue *pensá* em nada... em nada *pra ficá* contente desde que não pode *andá* novamente.

— Bem, por que ela deveria? — retrucou o homem, quase agressivamente.

Nancy deu um passo para trás, sentindo-se desconfortável.

— É assim que eu me sentia também... até que me pus a *pensá*... seria mais FÁCIL se ela pudesse *achá* alguma coisa, sabe? Então eu tentei... *fazê* que ela se lembrasse.

— Do quê? — a voz do sr. John Pendleton ainda soava zangada e impaciente.

— *Di* como ela pedia *pr'os* outros *jogá* o jogo, sabe? A sra. Snow e os outros... e o que ela dizia *pr'os* outros *fazê*, mas a pobrezinha apenas chora e diz que *num* parece a mesma coisa de jeito nenhum. Ela diz que é fácil *DIZÊ* a deficientes *pra ficá* contentes, mas não é a mesma coisa quando você é o inválido pela vida toda e precisa *tentá fazê* isso. Ela diz que já disseram um montão de vezes como ela deveria *ficá* contente que as outras pessoas não estão como ela, mas que sempre que ela fala essas coisas, ela realmente não está PENSANDO em nada e somente em como nunca mais vai *podê andá* de novo.

Nancy fez uma pausa, mas o homem não falou nada. Ele sentou-se com a mão sobre os olhos.

— Então, eu tentei *fazê ela lembrá* como ela costumava *dizê* que o jogo era mais gostoso quando... quando era mais difícil — Nancy terminou de falar com a voz séria. — Mas ela diz que isso também é diferente... quando é difícil de *verdadi*. Eu preciso ir agora, *sinhô* — interrompeu-se bruscamente.

Na porta, ela hesitou, virou-se e perguntou com timidez:

— Eu não poderia *dizê pra* srta. Pollyanna que... o senhor viu o Jimmy Bean de novo, não é?

— Acho que não, pois eu não o vi mais — observou o homem brevemente. — Por quê?

— Nada, *sinhô*, é só que... bem, essa é uma das coisas que a deixava preocupada, que ela não pôde *trazê* ele *pra vê* o *sinhô*. Ela disse que *trouxe ele* uma vez, mas *achô* que ele não se mostrou muito bem naquele dia e *qui* ela tinha medo de que o *sinhô num* acreditasse que ele faria uma bela presença infantil, afinal. Talvez o senhor saiba o que ela quis *dizê* com isso, *purque* eu não entendi muito bem, *sinhô*.

— Sim, eu sei... o que ela quis dizer.

— Tudo bem, *sinhô*. Ela queria *trazê* o menino mais uma vez, segundo ela, *pra mostrá pro sinhô* que ele era realmente uma bela presença infantil. E agora... ela *num* pode, por causa daquele automóvel! *Me adesculpe, sinhô. Inté* logo. — E Nancy saiu apressadamente.

Não levou muito tempo para a cidade de Beldingsville inteira saber que o famoso médico de Nova York dissera que Pollyanna Whittier jamais andaria novamente; e com certeza nunca antes a cidade se agitara tanto. Agora, todos conheciam de vista o rostinho vivaz cheio de sardas que sempre tinha um sorriso ao cumprimentar. Pensar que nunca mais aquele rostinho sorridente seria visto nas ruas... nunca mais aquela vozinha alegre proclamaria a felicidade de alguma experiência cotidiana! Parecia inacreditável, impossível e cruel.

Nas cozinhas, salas e sobre as cercas dos quintais, as mulheres comentavam a respeito e choravam abertamente. Nas esquinas das ruas e em saguões de lojas, os homens falavam também e choravam... não tão abertamente. Nem as conversas nem o choro diminuíram quando as notícias, com suas rodinhas rápidas, vieram com a história triste de Nancy de que, diante do que a acometera, ela não conseguia mais jogar o jogo do contente, de que não conseguia mais ficar contente... com nada.

Foi então que o mesmo pensamento deve, de alguma forma, ter ocorrido aos amigos de Pollyanna. Em todo o caso, quase que imediatamente, a dona da mansão Harrington, para sua surpresa, começou a receber visitas, visitas de pessoas que ela conhecia e de pessoas que ela não conhecia; visitas de homens, mulheres e crianças, muitos dos quais a srta. Polly não tinha ideia de que a sobrinha conhecia.

Alguns entravam e se sentavam por exatos cinco ou dez minutos. Outros ficavam em pé estranhamente nos degraus da entrada, mexendo nos chapéus ou nas bolsas, dependendo do sexo. Alguns carregavam um livro, um ramalhete de flores ou uma iguaria para agradar ao paladar. Alguns choravam abertamente. Outros se viravam e assoavam o nariz com fúria. Mas todos perguntavam ansiosamente pela garotinha machucada; e todos enviavam alguma mensagem a ela, e foram essas mensagens que, após um tempo, puseram a srta. Polly em ação.

Primeiramente, veio o sr. John Pendleton. Ele chegou sem muletas.

— Não preciso dizer como estou chocado — começou ele, quase ríspido. — Mas nada pode ser feito?

A srta. Polly fez um gesto de desespero.

— Estamos tentando, claro, o tempo todo. O dr. Mead receitou alguns tratamentos e remédios que podem ajudar, e o dr. Warren está seguindo tudo ao pé da letra, claro. Mas... o dr. Mead quase não tem esperança.

O sr. John Pendleton ergueu-se bruscamente... embora tivesse acabado de entrar. O rosto estava pálido, e a boca mostrava seriedade. A srta. Polly, olhando para ele, sabia muito bem por que ele sentia que não poderia mais ficar diante de sua presença. À porta, ele virou-se.

— Eu tenho um recado para Pollyanna — falou. — Por favor, diga a ela que eu me encontrei com Jimmy Bean e... que ele será meu garoto, afinal. Diga que eu pensei que ela ficaria CONTENTE em saber. Provavelmente vou adotá-lo.

Por um breve instante, a srta. Polly perdeu seu autocontrole bem cultivado de sempre.

— O senhor vai adotar o Jimmy Bean? — espantou-se.

O homem ergueu o queixo ligeiramente.

— Sim, acho que Pollyanna vai entender. Por favor, diga que eu achei que ela ficaria... CONTENTE!

— É ... é claro que sim... — gaguejou a srta. Polly.

— Obrigado! — o sr. Pendleton curvou-se, enquanto se virava para ir embora.

A srta. Polly ficou no meio da sala, em pé, silenciosa e espantada, ainda olhando para o homem que havia acabado de sair. Ela mal podia acreditar no que seus ouvidos escutaram. John Pendleton ADOTANDO Jimmy Bean! John Pendleton, rico, independente, rabugento, com a reputação de ser extremamente pão-duro e egoísta, adotar um garoto... e aquele garoto?

Com o rosto ligeiramente espantado, ela subiu as escadas até o quarto de Pollyanna.

— Pollyanna, tenho um recado do sr. John Pendleton. Ele esteve aqui. Disse para lhe contar que ele está com o Jimmy Bean para torná-lo seu filho. Falou que achava que você ficaria contente em saber.

O rosto ansioso de Pollyanna iluminou-se em alegria repentina.

— Contente? CONTENTE? Bem, eu acho que estou contente! Ah, tia Polly, eu queria tanto achar um lugar para o Jimmy, e aquele é um lugar tão lindo! Além disso, estou contente pelo sr. Pendleton, também. Veja só, agora ele terá a presença de uma criança.

— O... quê?

Pollyanna corou por ficar triste. Ela esqueceu-se de que nunca contara à tia sobre o desejo do sr. Pendleton de adotá-LA, e, com certeza, não seria naquele momento que diria que não tinha considerado por um minuto deixá-la, a querida tia Polly.

— A presença de uma criança — gaguejou Pollyanna, apressadamente. — O sr. Pendleton me disse uma vez que apenas a mão e o coração de uma mulher ou a presença de uma criança poderiam fazer... um lar. E agora ele tem... a presença de uma criança.

— Ah, entendi... — falou a tia bem baixinho; e ela realmente entendia... mais do que Pollyanna podia perceber. Ela via algo da pressão que provavelmente caíra sobre os ombros da própria Pollyanna na época em que o sr. John Pendleton lhe pedira para ser a "presença de uma criança", para transformar sua enorme pilha de pedras cinzentas em um lar. — Entendi — concluiu, com os olhos ardendo com lágrimas repentinas.

Pollyanna, temerosa de que a tia pudesse fazer mais perguntas constrangedoras, apressou-se para afastar a conversa sobre a casa do sr. Pendleton e de seu dono.

— O dr. Chilton também diz isso, que é preciso a mão e o coração de uma mulher ou a presença de uma criança para fazer um lar, sabe? — observou ela.

Tia Polly virou-se assustada.

— O DR. CHILTON? Como você sabe disso?

— Ele me contou. Foi quando ele disse que morava apenas em aposentos... não em um lar.

A tia não respondeu. Os olhos dela se fixaram na janela.

— Então, eu perguntei por que ele não conseguia... a mão e o coração de uma mulher para ter um lar.

— Pollyanna! — a tia virou-se bruscamente. De repente, o rosto corou.

— Bem... eu perguntei, e ele pareceu tão... tão triste.

— O que ele respondeu? — a tia fez a pergunta mesmo como se algo a impelisse a não fazê-la.

— Ele não respondeu por um momento; então disse, bem baixinho, que nem sempre é possível obter o que se pede.

Houve um breve silêncio. Os olhos da srta. Polly voltaram-se novamente para a janela. O rosto ainda estava de um rosa não natural.

Pollyanna suspirou.

— Ele também quer um lar, eu sei, e eu gostaria que ele tivesse um.

— Por que, Pollyanna, COMO você sabe?

— Porque, depois, no outro dia, ele disse mais alguma coisa. Falou isso baixinho também, mas eu ouvi. Disse que ele daria todo o mundo se pudesse ter a mão e o coração de uma mulher. Que foi, tia Polly, o que aconteceu? — tia Polly tinha se erguido apressadamente e ido até a janela.

— Nada, querida. Vim mudar a posição deste prisma — respondeu a tia com o rosto em chamas.

CAPÍTULO 28
O JOGO E SEUS JOGADORES

NÃO FOI MUITO TEMPO após a segunda visita do sr. John Pendleton que Milly Snow apareceu durante uma tarde. Ela nunca havia estado na mansão Harrington antes. Estava corada e parecia muito sem graça quando a srta. Polly entrou na sala.

— Eu... eu vim saber da garotinha... — gaguejou.

— É muita gentileza sua. Ela está na mesma. Como está a sua mãe? — indagou a srta. Polly com ar cansado.

— É isso que eu vim lhe dizer, isto é, pedir que dissesse a srta. Pollyanna — a garota apressou-se a dizer, sem fôlego e se atrapalhando toda. — Achamos que é tão terrível... tão horroroso que a menina não consiga mais andar; e depois de tudo que ela fez por nós também, pela mamãe, sabe, ensinando-a a jogar o jogo e tudo o mais. E quando ouvimos como agora ela nem consegue mais praticar o jogo... pobrezinha! Com certeza, também entendo como ela não consegue mesmo, na situação dela! Mas quando eu me lembrei de todas as coisas que ela nos disse, pensamos que, se ela apenas pudesse saber sobre o que fez por nós, isso AJUDARIA em seu próprio caso. É sobre o jogo... ela ficaria contente... isto é, um pouco contente... — Milly parou de falar, perdida, e parecia estar esperando que a srta. Polly falasse algo.

A srta. Polly estava sentada, ouvindo educadamente, mas com uma expressão duvidosa no olhar. Entendera apenas metade do que fora dito. Ela pensava agora que sempre soubera que Milly Snow era "engraçada", mas não imaginava que ela era doida. Não tinha outro modo, entretanto, que ela pudesse atribuir àquele borbotão de palavras incoerentes, ilógicas e sem sentido. Quando surgiu a pausa, ela a preencheu com um discreto:

— Acho que não entendi muito bem, Milly, o que exatamente você está querendo dizer à minha sobrinha.

— Então, é isso, eu quero lhe dizer — respondeu a garota bruscamente —, para fazê-la ver o que ela fez por nós. É claro que ela viu algumas coisas, porque ela esteve lá e sabe que minha mãe é diferente, mas quero que ela saiba COMO minha mãe está diferente... e eu também. Eu estou diferente. Tenho tentado brincar com o jogo... de vez em quando.

A srta. Polly franziu a testa. Ela teria perguntado o que Milly queria dizer por "aquele jogo", mas não teve oportunidade. Milly disparou novamente, muito alterada e nervosa.

— Sabe que as coisas nunca foram certas antes... para mamãe. Ela sempre achava que as queria de forma diferente. E, na verdade, não sei se posso culpá-la por isso... naquelas circunstâncias. Mas agora ela me deixa levantar as persianas e se interessa pelas coisas... pela aparência dela, e pela camisola, e por tudo. E, na verdade, ela começou a tricotar peças pequenas, faixas e mantas para bebês, para feiras e hospitais. Está tão motivada e CONTENTE que pode fazer essas coisas! E tudo isso por causa da srta. Pollyanna, sabe? Porque ela disse para mamãe que ela deveria ficar contente por ter braços e mãos. E então ela começou a fazer alguma coisa... a tricotar, né. E nem dá para imaginar como o quarto está diferente agora, com todo aquele vermelho, azul e amarelo e os prismas na janela que ELA deu para mamãe, então, agora a gente se sente melhor só de entrar lá dentro. Antes eu tinha um medo terrível, era tão escuro e fantasmagórico, e mamãe era tão... tão infeliz, sabe? Então, a gente queria pedir para, por favor, dizer a Pollyanna que nós sabemos que tudo foi por causa dela. E, por favor, diga que ficamos muito contentes em conhecê--la e que pensamos que talvez, se ela soubesse disso, ficaria um pouco mais contente por nos conhecer. E... e isso é tudo — suspirou Milly, erguendo-se apressadamente. — A senhora conta para ela?

— Claro que sim — murmurou a srta. Polly, pensando no quanto daquele discurso ela se lembraria para contar. As visitas do sr. John Pendleton e de Milly Snow foram apenas as primeiras de muitas, e sempre havia mensagens, que eram de alguma forma tão curiosas que deixavam a srta. Polly cada vez mais intrigada.

Certo dia, veio a viúva Benton. A srta. Polly conhecia-a bem, embora elas nunca tivessem se visitado. Pela reputação, sabia que ela era a mulher mais triste da cidade, sempre usava preto. Naquele dia, no entanto, a sra. Benton vestia um lenço azul-claro no pescoço, embora houvesse lágrimas nos olhos. Ela falou de sua tristeza e do horror pelo acidente, então pediu timidamente se poderia ver Pollyanna.

A srta. Polly negou com a cabeça.

— Desculpe, mas ela não está recebendo ninguém ainda. Mais tarde, quem sabe.

A sra. Benton enxugou os olhos, levantou-se e se virou para ir embora. Mas quando estava quase na entrada da porta, ela retornou apressadamente.

— Srta. Harrington, talvez a senhora pudesse lhe passar um... recado — hesitou.

— Claro, sra. Benton, ficarei muito contente em transmitir a mensagem.

Ainda assim, a mulherzinha hesitou; depois falou:

— Por favor, diga-lhe que eu vesti ISTO — falou, tocando o laço azul no pescoço. Então, diante do olhar de surpresa mal disfarçado da srta. Polly, ela acrescentou: — A menina vem tentando há tanto tempo me fazer usar um pouco de cor que pensei que ela ficaria... contente de saber que eu comecei. Ela disse que Freddy ficaria contente em me ver, se eu o fizesse. A senhora sabe que o Freddy é tudo que eu tenho agora. Os outros têm de tudo... — a sra. Benton balançou a cabeça e virou-se. — Se a senhora contar para Pollyanna, ELA vai entender. — E a porta fechou-se atrás dela.

Um pouco mais tarde, no mesmo dia, houve outra viúva — pelo menos, ela vestia roupas de viúva. A srta. Polly não a conhecia. Pensou vagamente em como Pollyanna poderia tê-la conhecido. Seu nome era Tarbell.

— A senhora não me conhece, claro — começou ela, imediatamente —, mas conheço bem a sua pequena sobrinha, Pollyanna. Fiquei no hotel o verão inteiro, e todos os dias precisei fazer longas caminhadas por causa da minha saúde. Foi em uma dessas caminhadas que conheci sua sobrinha; ela é uma garotinha muito especial! Espero que a senhora possa entender o que ela significou para mim. Eu estava muito triste quando cheguei aqui; e o rosto iluminado e seu jeito alegre me fizeram lembrar de... minha menininha que perdi anos atrás. Fiquei tão chocada em saber do acidente e então descobri que a menininha nunca mais poderá andar e que ela estava tão infeliz que não podia mais ficar contente... a pobrezinha... Eu precisava vir até aqui.

— É muita gentileza sua — murmurou a srta. Polly.

— A senhora que é gentil — retrucou a outra. — Eu... eu queria que a senhora passasse um recado meu. Por favor?

— Claro.

— Por favor, diga apenas que a sra. Tarbell está contente agora. Sim, eu sei que parece estranho, e a senhora não vai entender. Mas, se puder me perdoar... prefiro não explicar — linhas de tristeza apareceram na boca da senhora, e o sorriso sumiu de seus olhos. — Sua sobrinha vai entender exatamente o que estou dizendo; senti que eu realmente precisava falar... para ela. Obrigada, e me desculpe, por favor, por qualquer indelicadeza de minha parte — pediu ela, aprontando-se para sair.

Totalmente estupefata, a srta. Polly apressou-se até o quarto de Pollyanna.

— Pollyanna, você conhece a sra. Tarbell?

— Ah, sim. Eu adoro a sra. Tarbell. Ela está doente e terrivelmente triste; está no hotel e faz longas caminhadas. Andamos juntas. Quero dizer, eu costumava andar com ela — a voz de Pollyanna enfraqueceu-se e duas lágrimas enormes rolaram pelo rosto.

A srta. Polly forçou um pigarro apressadamente.

— Bem, ela esteve aqui, querida. Deixou um recado para você... mas não quis me explicar o que significava. Ela me pediu para lhe dizer que ela está contente agora.

Pollyanna bateu palmas com suavidade.

— Ela disse isso... verdade? Ah, estou tão contente!

CAPÍTULO 28

— Mas Pollyanna, o que ela quis dizer?

— Bem, é o jogo e... — Pollyanna parou de repente, com os dedos nos lábios.

— Que jogo?

— Nada de mais, tia Polly. Isto é, não posso contar a menos que eu conte outras coisas que... eu não posso falar.

A srta. Polly mordeu a língua para não soltar a pergunta que queria fazer para a sobrinha, mas o desânimo óbvio que tomou o rosto da garotinha cortou as palavras antes que fossem pronunciadas.

Não muito tempo depois da visita da sra. Tarbell, foi o auge. Ele veio na forma de uma visita de certa jovem com bochechas artificialmente rosadas e cabelos loiros tingidos. Uma jovem, que usava saltos altos e bijuterias baratas; uma jovem a quem a srta. Polly conhecia bem pela reputação... mas a quem ela ficou surpreendentemente zangada por encontrar sob o teto da mansão Harrington.

A srta. Polly não estendeu a mão. Ela se afastou, na verdade, enquanto entrava na sala.

A mulher ergueu-se imediatamente. Os olhos estavam vermelhos como se estivesse chorando. Com um ligeiro ar de desafio, ela pediu se poderia ver, por um momento, a menina Pollyanna.

A srta. Polly respondeu que não. Ela começou a falar de uma forma muito séria, mas algo nos olhos suplicantes da mulher a fez adicionar uma explicação gentil de que ninguém podia ver Pollyanna.

A mulher hesitou; mas um tanto bruscamente, falou. O queixo estava ainda em uma inclinação um pouco desafiadora:

— Meu nome é sra. Payson, sra. Tom Payson. Acho que a senhora já ouviu falar de mim, a maior parte das pessoas da cidade já me conhece, e talvez algumas das coisas que soube não são verdadeiras. Mas tudo bem, eu vim por causa da menina. Soube do acidente e... fiquei totalmente desolada. Na semana passada soube que ela não pode sequer andar novamente e... eu queria poder lhe dar as minhas pernas. Ela faria mais bem com elas andando por aí em uma hora que eu em cem anos. Mas deixe isso para lá. As pernas não são dadas a quem possa fazer melhor uso delas, já percebi.

Ela fez uma pausa e limpou a garganta, mas quando retomou a voz, ainda estava rouca.

— Talvez a senhora não saiba, mas eu já me encontrei com a sua garotinha diversas vezes. Moramos na estrada de Pendleton Hill, e ela costumava ir para lá com frequência, só que ela não apenas PASSAVA POR LÁ. Entrava e brincava com as crianças e conversava comigo... e com meu marido quando ele estava em casa. Ela parecia gostar disso e gostar de nós. Ela não sabia, suspeito, que o tipo de gente dela não costuma visitar os do meu tipo. Talvez se eles VISITASSEM mais, srta. Harrington, não haveria tantos... do meu tipo — acrescentou ela, com amargura repentina. — Seja como for, ela vinha e não fazia nenhum mal a si e nos fazia bem... muito bem. Ela não sabia o quanto... nem poderia saber, espero, porque se soubesse, ela saberia de outras coisas... que não quero que ela saiba. Mas é somente isso. Foram tempos difíceis conosco este ano, em diversas maneiras. Estávamos tristes e sem motivação... meu homem e eu, prontos para... qualquer coisa. Estávamos pensando em divórcio naquela época e em deixar as crianças, bem, não sabíamos o que fazer com as crianças. Então veio o acidente e soubemos que a garotinha nunca mais vai poder andar. E pensamos em como ela costumava vir e se sentar na nossa soleira e brincar com as crianças, rir e... apenas ficar contente. Ela sempre ficava contente com alguma coisa e, então, certo dia, contou-nos por que fazia isso, falou do jogo e tentou nos convencer a jogá-lo. Agora soubemos que ela anda desanimada da vida porque não consegue brincar mais... que não há nada para ficar contente. E é isso que eu vim dizer para ela hoje... que talvez ela possa ficar um pouco contente por nós, pois decidimos ficar juntos e jogar o jogo do contente. Sei que ela ficaria contente, porque ela costumava sentir-se mal com todas as coisas que dizíamos, às vezes. Como o jogo vai exatamente nos ajudar, não sei, ainda, mas talvez ajude. De qualquer modo, vamos tentar... porque ela queria assim. A senhora conta para ela?

— Sim, vou contar para ela — prometeu a srta. Polly com a voz débil. Então, com um impulso súbito, ela adiantou-se e estendeu a mão. — E, obrigada por ter vindo, sra. Payson — disse simplesmente.

O queixo erguido caiu. Os lábios acima dele tremeram visivelmente com um murmúrio incompreensível. A sra. Payson às cegas agarrou a mão estendida, virou-se e saiu rapidamente.

A porta mal havia se fechado atrás dela e a srta. Polly já estava confrontando Nancy na cozinha.

— Nancy!

A srta. Polly falou rispidamente. A série de visitas chocantes e desconcertantes dos últimos poucos dias culminou na experiência extraordinária da tarde e a deixou nervosa, a ponto de explodir. Antes da experiência do acidente da srta. Pollyanna, Nancy nunca vira a senhora falar com tanta seriedade.

— Nancy, você me conta que "jogo" absurdo é esse que toda a cidade parece estar comentando? E o que, por favor, a minha sobrinha tem a ver com isso? POR QUE estão jogando esse jogo? Por que todos, de Milly Snow a sra. Tom Payson, mandaram recado de que estão "jogando o jogo"? Pelo que posso julgar, metade da cidade está usando fitas azuis, ou parando de brigar em família, ou aprendendo a apreciar algo de que nunca gostaram antes, e tudo por causa de Pollyanna. Tentei perguntar a ela mesma, mas não consigo fazer muito progresso, e claro, não quero preocupá-la... Mas por algo que a ouvi dizer ontem à noite, concluí que você é uma delas também. Agora, VOCÊ pode me dizer o que isso significa?

Para surpresa e desapontamento da srta. Polly, Nancy explodiu em lágrimas.

— Significa que, desde junho passado, a criança abençoada somente tem *feitu* a cidade toda contente, e agora eles estão voltando e tentando *fazê ela* um pouco contente também.

— Contente por quê?

— Apenas contente, é esse o jogo.

A srta. Polly, de fato, bateu os pés.

— Lá vai você como todos os outros, Nancy. Que jogo?

Nancy ergueu o queixo. Encarou a senhora e olhou-a diretamente nos olhos.

— Vou *contá*, senhora. É um jogo que o pai de Pollyanna *ensinou ela* a *jogá*. Certa *veiz*, ela recebeu um par de muletas na barrica do missionário quando o que ela esperava era uma boneca. Ela *chorô*, é claro, como qualquer criança faria. *Pareci* que foi quando o pai disse *pra* ela que nem sempre tinha, mas havia algo naquilo para *ficá* contente, e que ela deveria *ficá* contente com as muletas.

— Contente com as... MULETAS? — a srta. Polly engoliu um soluço... ela pensava nas perninhas impotentes sobre a cama lá em cima.

— Sim, senhora. Foi o que ele disse e foi o que a srta. Pollyanna disse *tê dito* também. Mas ele disse que ela poderia *ficá* contente... porque não precisava delas.

— Ah! Ah! — gritou a srta. Polly.

— E depois *dissu*, ela disse que começou a *jogá* sempre... achando sempre alguma coisa *pra ficá* contente. E *contô* que conseguiu *jogá* também, que não pareceu *senti* tanta falta da boneca assim *purque* ficou muito contente por não *precisá* das muletas. E eles chamaram isso apenas de "jogo do contente". Esse é o jogo, senhora. Ela joga desde sempre.

— Mas, como... como — a srta. Polly fez uma pausa inevitável.

— E a senhora vai *ficá* surpresa em descobrir como a belezinha funciona bem, senhora — Nancy garantiu, com quase a mesma vontade da própria Pollyanna. — Fez muito bem *pra* minha mãe e *pro* pessoal lá de casa. Ela foi lá *visitá eles*, sabe, duas vezes, comigo. Ela me fez contente também, com tantas coisas, coisas pequenas e grandes, e tudo *ficô* mais fácil. Por exemplo, eu não ligo mais tanto do meu nome *sê* Nancy desde que ela me disse que eu podia *ficá* contente de não ser "Hiphzibah". E tem as manhãs de segunda-feira também, que eu *custumava disgostá* tanto. Na verdade, ela me fez *ficá* contente pelas segundas de manhã.

— Contente... pelas segundas de manhã?

Nancy riu.

— Sei que parece loucura, senhora. Mas *deixa eu explicá*. Aquela menininha abençoada descobriu que eu odiava as segundas de manhã, e um dia ela veio e falou: "Bem, de qualquer modo, Nancy, acho que você deveria ficar mais contente nesse dia porque teria ainda uma semana inteira até chegar a outra segunda!". E sou abençoada se não andei pensando assim todas as segundas de manhã desde então, e isso *ajudô* de verdade, senhora. De *qualqué* maneira, isso me faz rir sempre.

— Mas por que ela não me contou sobre... o jogo? — hesitou a srta. Polly. — Por que ela fez todo esse mistério para mim, então, quando perguntei a ela?

Nancy hesitou.

— A senhora me *disculpe*, mas a senhora *falô pra* ela não *falá* do pai... então ela *num pudia contá*. Era o jogo dele, não era?

CAPÍTULO 28

A srta. Polly mordeu o lábio.

— Ela queria *contá pra* senhora, primeiro que tudo — prosseguiu Nancy, um tanto hesitante. — Ela queria *jogá* com alguém. Foi *purisso* que comecei, *pra* ela *jogá* com alguém.

— Ah, e, aqueles outros? — a voz da srta. Polly tremia agora.

— Ah, *todu* mundo, a maioria já conhece agora, acho. De *qualqué* modo, acho que aconteceu da forma que estou ouvindo em toda a parte que vou. É claro que ela contou *pra* muitos, e eles contaram *pru* resto. Essas coisas *avoam*; não é assim que começam? E ela estava sempre sorridente e era sempre agradável *pra* todos... tão contente ela mesma o tempo todo que eles não *pudiam deixá* de *percebê*. Agora, desde que ela está machucada, todos se sentem tão mal, especialmente quando *suberam* que ela *tá* tão ruim que *num* acha nada *pra ficá* contente. E então eles vêm todos os dias *pra dizê* como ela *fez eles ficá contente*, esperando que ela também fique. Ela sempre quis que todos jogassem com ela.

— Bem, eu conheço alguém que vai jogar agora — falou a srta. Polly apressadamente, enquanto se virava e disparava pela passagem da porta da cozinha.

Atrás dela, Nancy, surpresa, em pé, encarava-a.

— Bem, eu acredito em *qualqué* coisa... *qualqué* coisa agora — murmurou para si. — *Ocê num* vai me *pegá* de surpresa com mais nada da srta. Polly.

Um pouco mais tarde, no quarto de Pollyanna, a enfermeira deixou a srta. Polly e Pollyanna sozinhas.

— E você ainda teve mais uma visita hoje, querida — anunciou a srta. Polly com uma voz que ela tentava em vão firmar. — Você se lembra da sra. Payson?

— A sra. Payson? Por quê? Claro que sim! Ela mora no caminho da casa do sr. Pendleton e tem uma linda menina de 3 anos e um garoto com quase 5. Ela é muito gentil e o marido também... mas eles não parecem saber como o outro é gentil. Às vezes, eles brigam... quero dizer, eles discordam um do outro. Também são pobres, segundo eles dizem e, claro, nunca têm barricas, porque ele não é um ministro missionário, sabe, como... ele não é.

Uma ligeira cor intrometeu-se nas bochechas de Pollyanna que, de repente, viu-se duplicada no rosto da tia.

— Mas ela usa roupas realmente bonitas, às vezes, apesar de ser muito pobre — Pollyanna arrematou com certa pressa. — E ela tem lindos anéis com diamantes, rubis e esmeraldas, mas disse que tem anel a mais e que vai jogá-lo fora e se divorciar. O que é divórcio, tia Polly? Acho que não é muito bom, porque ela não parecia feliz quando falou nele. E disse que, se conseguisse o divórcio, eles não a deixariam mais morar lá e que ela e o sr. Payson partiriam para "longe" e talvez os filhos também. Mas acho que era melhor eles ficarem com o anel, mesmo que tivessem outros. Não acha? Tia Polly, o que é divórcio?

— Mas eles não vão para "longe", querida — disfarçou apressadamente a tia Polly. — Vão ficar bem onde estão.

— Ah, estou tão contente! Então eles estarão lá quando eu me levantar e for vê-los... Ah, puxa vida! — a garotinha explodiu tristemente. — Tia Polly, por que eu NÃO consigo lembrar como as minhas pernas caminhavam antes e por que nunca mais vou me levantar para ver o sr. Pendleton de novo?

— Calma, calma, não fique nervosa — engasgou a tia. — Talvez você possa ir de carro alguma vez. Mas ouça! Eu não lhe disse ainda, tudo o que a sra. Payson me contou. Ela queria que eu dissesse que eles... eles vão ficar juntos e vão jogar o jogo do contente assim como você queria.

Pollyanna sorriu através dos olhos molhados de lágrimas.

— Vão mesmo? Vão mesmo? Ah, estou tão contente por isso!

— Sim, ela disse que achava que você ficaria. É por essa razão que ela lhe contou, para deixar você CONTENTE, Pollyanna.

Pollyanna ergueu a cabeça rapidamente.

— Por que, tia Polly, a senhora... fala como se soubesse... A senhora SABE do jogo, tia Polly?

— Sim, querida — séria, tia Polly forçou a voz para soar alegre de verdade. — Nancy me contou. Acho que é um belo jogo. Vou começar a jogar com você, agora mesmo.

— Ah, tia Polly... A SENHORA? Estou tão contente! Olha só, de todas as pessoas, é com a senhora que eu mais queria jogar o tempo todo.

Tia Polly recuperou o fôlego um pouco bruscamente. Foi ainda mais difícil manter a voz firme, mas ela conseguiu.

— Sim, querida, e há todos aqueles outros também. Porque Pollyanna, acho que toda a cidade está jogando o jogo agora com

CAPÍTULO 28

você.... até o pastor! Não tive a oportunidade de lhe dizer ainda, mas esta manhã eu me encontrei com o sr. Ford quando estava no vilarejo e ele me disse para lhe contar que, assim que você pudesse recebê-lo, ele viria para lhe dizer que não parou de ficar contente com aqueles oitocentos textos de rejúbilo sobre os quais você conversou com ele. Então, sabe, querida, é você que andou fazendo essas coisas. A cidade inteira está brincando do seu jogo, e a cidade inteira está maravilhosa e mais feliz... e tudo por causa de uma garotinha que ensinou um jogo novo para as pessoas.

Pollyanna bateu palmas.

— Ah, estou tão contente! — gritou ela. Então, de repente, uma luz maravilhosa iluminou seu rosto. — Puxa, tia Polly, eu posso ficar contente com ALGUMA coisa, afinal. Eu posso ficar contente porque eu tinha PERNAS ou não poderia ter feito isso!

CAPÍTULO 29

ATRAVÉS DE UMA JANELA ABERTA

UM POR UM os dias de inverno vieram e se foram, mas eles não eram curtos para Pollyanna. Eram longos, e, às vezes, muito dolorosos. No entanto, nesses dias, Pollyanna, resoluta, encarava com um rosto alegre tudo o que surgia. Ela não estava especialmente destinada a jogar o jogo agora que a tia Polly também jogava? E a tia Polly, tantas vezes, encontrou muitas coisas para ficar contente. Foi tia Polly também que certo dia descobriu a história de duas pobres crianças abandonadas em uma tempestade de neve que encontraram uma porta solta, sob a qual conseguiam rastejar, e imaginaram o que fariam as pessoas pobres que nem sequer tinham uma porta? Foi a tia Polly também que levou para casa outra história que ouviu sobre a pobre senhora idosa que tinha apenas dois dentes, mas que estava tão contente porque aqueles dois dentes "estavam encaixados um bem em cima do outro".

Agora Pollyanna, como a sra. Snow, tricotava coisas maravilhosas e coloridas que seguiam seu rastro alegre por extensões brancas, e faziam-na, novamente como a sra. Snow, tão contente por ter mãos e braços.

Pollyanna via as pessoas agora, de vez em quando, e sempre havia recados carinhosos daqueles que ela não podia ver; e eles sempre mandavam algo para ela, algo para refletir a respeito... e Pollyanna precisava pensar em coisas diferentes.

CAPÍTULO 29

Ela encontrou-se uma vez com o sr. John Pendleton, e duas vezes com Jimmy Bean. John Pendleton tinha lhe dito como Jimmy Bean estava se tornando um belo rapaz e como ele estava se dando bem. Jimmy havia lhe dito que a casa que ele tinha era de primeira classe e que o sr. Pendleton era um "grande cara", e ambos disseram que tudo aconteceu graças a ela.

— O que me deixa ainda mais contente, sabe, por EU TER TIDO pernas — Pollyanna confiou à tia mais tarde.

O inverno passou e veio a primavera. Os ansiosos observadores da saúde de Pollyanna puderam ver poucas mudanças trazidas pelo tratamento prescrito. Havia todo motivo para acreditar, realmente, que os piores temores do dr. Mead se confirmariam: que Pollyanna nunca mais andaria.

Beldingsville, claro, manteve-se informada sobre a situação de Pollyanna; e em Beldingsville, um homem em especial se preocupava e enlouquecia em uma febre de ansiedade sobre os boletins diários que, de algum jeito, conseguia obter do leito da sofredora. Conforme os dias passavam, no entanto, e as notícias não melhoravam, ao contrário, pioravam, e algo mais além da ansiedade começou a se estampar no rosto do homem: desespero e uma determinação firme, cada um lutando para vencer. No fim, a determinação firme venceu; e foi então que o sr. John Pendleton, para sua surpresa, recebeu no sábado de manhã uma visita do dr. Thomas Chilton.

— Pendleton — começou o médico bruscamente — , eu vim até você porque você, melhor que qualquer pessoa na cidade, sabe alguma coisa sobre meu relacionamento com a srta. Polly Harrington.

O sr. John Pendleton estava ciente de que ele deveria estar visivelmente surpreso, sabia algo sobre o caso entre Polly Harrington e Thomas Chilton, mas a questão permaneceu sem menção entre eles por quinze anos ou mais.

— Sim — disse ele, tentando fazer sua voz parecer preocupada o suficiente para demonstrar apreço, mas não ansiosa demais para demonstrar curiosidade. Em um instante, ele viu que não precisaria ter se preocupado; entretanto, o médico estava tão firme em sua intenção que não perceberia como a intenção seria recebida.

— Pendleton, eu preciso ver aquela garota. Eu quero examiná-la. Eu PRECISO examiná-la.

— Bem, e por que não a examina?

— NÃO A EXAMINA? Pendleton, você sabe muito bem que não passo por aquela porta há mais de quinze anos. Você não sabe, mas vou lhe contar: a dona daquela casa me disse, que da PRÓXIMA vez em que ela me PEDISSE para entrar, eu poderia interpretar a ação como se ela estivesse pedindo meu perdão, e que tudo seria como antes, o que significa que ela se casaria comigo. Talvez você a veja mandando me chamar, mas eu não.

— Mas não pode ir sem ser chamado?

O médico franziu a testa.

— Bem, é difícil. Tenho meu orgulho, sabe?

— Mas se está tão ansioso, não poderia engolir seu orgulho e esquecer a briga?

— Esquecer a briga! — interrompeu o médico, subitamente. — Não estou falando DESSE tipo de orgulho. No que se refere a isso, eu seria capaz de ir lá de joelhos, ou plantando bananeira, se isso adiantasse. É do orgulho PROFISSIONAL que estou falando. É um caso de doença, e eu sou médico. Não posso me intrometer e dizer: "Estou aqui, aceite-me como médico", posso?

— Chilton, qual foi a briga? — quis saber Pendleton.

O médico fez um gesto impaciente e se levantou.

— O que foi? O que é uma briga de namorados depois de acabar? — falou bruscamente, andando pela sala zangado. — Uma discussão idiota sobre o tamanho da lua ou a profundidade de um rio, talvez, pode muito bem ser, desde que se compare seu significado real com os anos de tristeza que se seguem. Não se preocupe com a briga! Por mim, estou disposto a dizer que não houve discussão, Pendleton, eu preciso ver aquela garota. Pode significar a vida ou a morte. Vai significar, e eu acredito piamente nisso, nove entre dez chances que Pollyanna Whittier andará novamente.

As palavras foram pronunciadas de forma clara e de modo impressionante, e foram faladas bem quando aquele que as pronunciou havia quase alcançado uma janela aberta perto da cadeira do sr. John Pendleton. Assim aconteceu que elas alcançaram com bastante clareza os ouvidos de um menininho ajoelhado abaixo da janela no terreno lá fora.

Jimmy Bean, que estava em sua tarefa matinal de sábado arrancando os primeiros capins nos canteiros de flores, sentou-se com os olhos e ouvidos bem atentos.

— Andar! Pollyanna! — exclamou John Pendleton. — Como assim?

— Estou dizendo sobre o que ouvi dizer e soube, a dois quilômetros de seu leito, que o caso dela é muito parecido com um em que um amigo da faculdade acabou de me auxiliar. Durante anos ele vem fazendo esse tipo de estudo especial. Eu me mantive em contato com ele, e estive estudando também, de certo modo. Pelo que sei... eu preciso VER a garota!

John Pendleton endireitou-se na cadeira.

— Você precisa vê-la, puxa! Não poderia ser por meio do dr. Warren?

O outro negou com a cabeça.

— Acho que não. O Warren foi bem simpático. Ele me disse pessoalmente que sugeriu consulta comigo no começo, mas a srta. Harrington negou de modo tão determinado que ele não ousou sugerir novamente, embora soubesse da minha vontade de ver a garota. Ultimamente, alguns de seus melhores pacientes passaram a me consultar... assim, claro que isso ata as minhas mãos mais completamente ainda. Mas, Pendleton, eu preciso ver a garota! Pense no que isso significará para ela se eu o fizer!

— Sim, e pense no que significará se você não o fizer — retrucou o sr. Pendleton.

— Sim, mas como eu posso... sem um pedido especial da tia dela? Eu nunca conseguirei.

— Ela precisa ser convencida a solicitá-lo.

— Como?

— Não sei...

— Não, acho que você não sabe, nem ninguém mais. Ela é orgulhosa demais e está muito zangada para me pedir, depois do que disse anos atrás sobre o que isso significaria. Mas quando penso naquela menina, condenada à tristeza eterna, e quando penso que talvez a chance de ela escapar esteja em minhas mãos, mas devido àquela bobagem confusa que chamamos de orgulho e de etiqueta profissional, eu... — ele não terminou a sentença, mas com as mãos enfiadas profundamente nos bolsos, virou-se e começou a caminhar pela sala novamente, zangado.

— Mas se ela pudesse ser convencida a vê-lo... a entender — falou o sr. Pendleton, aflito.

— Sim, mas quem pode fazer isso? — o médico questionou, virando-se bruscamente.

— Não sei, não sei — grunhiu o outro, com tristeza.

Do lado de fora da janela, Jimmy Bean mexeu-se repentinamente. Até aquele momento ele mal tinha respirado, tão atento a ouvir cada palavra.

— Bem, pelos gênios, eu sei — sussurrou ele, com alegria. — Eu vou *fazê* isso! — e imediatamente ele ergueu-se, andou com cuidado até o canto da casa e disparou com todas as forças pela colina Pendleton.

CAPÍTULO 30

JIMMY TOMA A INICIATIVA

— É O JIMMY BEAN. Ele quer vê-la, senhora — anunciou Nancy na soleira.

— A mim? — respondeu muito surpresa a srta. Polly. — Tem certeza de que ele não disse Pollyanna? Ele pode vê-la por alguns minutos se quiser.

— Sim. Falei *prele*, mas ele insistiu que queria *falá co'a* senhora.

— Muito bem. Vou descer — e a srta. Polly levantou-se da cadeira um pouco cansada.

Na sala de visitas, ela encontrou esperando-a um garoto corado de olhos redondos, que começou a falar imediatamente.

— Senhora, acho que é terrível... o que *tô* fazendo e o que *tô* falando, mas não consigo *evitá*. É pra Pollyanna, e eu caminharia sobre brasas por ela, ou a enfrentaria ou... *qualqué* coisa como essas, a *qualqué* momento. E eu acho que a senhora também, se a senhora pensasse que há uma chance *dela andá* de novo. E então é *purisso* que eu vim *contá* que é somente o orgulho e outra coisa que estão impedindo Pollyanna de *andá*, *purque* eu sei que a senhora CHAMARIA o dr. Chilton aqui se entendesse...

— O quê? — interrompeu a srta. Polly com o olhar estupefato no rosto, mudando para o de indignação zangada.

CAPÍTULO 30

Jimmy suspirou com desespero.

— Ouça, eu não queria que a senhora ficasse maluca. É *purisso* que comecei dizendo que ela pode *andá* de novo. Pensei que a senhora ia *ouvi* isso.

— Jimmy, do que está falando?

Jimmy suspirou novamente.

— É disso que estou tentando *falá*.

— Bem, então me diga. Mas comece pelo começo, e me faça entender cada coisa enquanto fala. Não pule para o meio como você fez antes... misturando tudo!

Jimmy lambeu os lábios com determinação.

— Bem, *pra começá*, o dr. Chilton foi *vê* o sr. Pendleton, e eles conversaram na biblioteca. A senhora entende isso?

— Sim, Jimmy — a voz da srta. Polly estava um pouco fraca.

— Bem, a janela *tava* aberta, e eu *tava* limpando o canteiro bem embaixo, e escutei *eles* falando.

— Ai, Jimmy! ESCUTANDO?

— Não era de mim, e eu *num tava* bisbilhotando — justificou-se Jimmy. — E fiquei contente *di tê* ouvido. A senhora também vai *ficá* quando eu *contá*. Porque vai *fazê* Pollyanna *andá*!

— Jimmy, como assim? — a srta. Polly inclinou-se para a frente com ansiedade.

— Então, eu já falei — Jimmy meneou a cabeça, contente. — Bem, o dr. Chilton conhece um médico em algum lugar que pode *curá* Pollyanna, ele acha... *fazê* ela *andá*, sabe, mas ele não pode *tê* certeza até *vê* ela. E ele *qué vê ela MUIIITO*, mas disse ao sr. Pendleton que a senhora não ia *deixá*.

O rosto da srta. Polly ficou vermelho.

— Mas, Jimmy, eu não posso... não posso... Quero dizer, eu não sabia disso! — a srta. Polly torcia os dedos sem controle.

— Sim, *purisso* que eu vim *contá, pra sinhora sabê*! — Jimmy confirmou com ansiedade. — Eles disseram que, *pur* algum motivo, não entendi muito isso, a senhora não ia *deixá* o dr. Chilton vir e contou isso *pro* dr. Warren, então o dr. Chilton não pode vir sozinho sem a *sinhora convidá*, por causa de orgulho e... alguma coisa profissional, acho. E eles estavam pensando se alguém podia *fazê* a senhora *entendê*, só que eles não sabiam quem, e eu estava do lado de fora da janela e eu disse *pra* mim na hora: "Bem, cargas-d'água, eu sei quem. Eu vou *fazê* isso!" — e eu vim e consegui *fazê* a senhora *entendê*!

— Sim, mas Jimmy, sobre esse médico — implorou nervosa a srta. Polly. — Quem era ele? O que ele fez? Você tem certeza de que ele poderá fazer Pollyanna andar?

— Não sei quem ele é. Eles *num* falaram. O dr. Chilton conhece ele, e ele acabou de *curá* alguém que nem ela, o dr. Chilton acha. Mas eles *num* pareciam estar preocupados com ele. Eles estavam preocupados *co'a* senhora, *purque* a senhora não ia *deixá* o dr. Chilton *vê* a Pollyanna. Mas me diga, a senhora vai *deixá* ele vir, não vai? ...agora que entendeu...

A srta. Polly virava a cabeça de um lado ao outro. Sua respiração saía em suspiros pequenos, irregulares e rápidos. Jimmy observava-a com os olhos ansiosos, pensava que ela ia chorar, mas isso não aconteceu. Depois de um minuto, ela falou aos borbotões:

— Sim... eu vou deixar o dr. Chilton vê-la. Agora, corra para casa, Jimmy, rápido! Vou falar com o dr. Warren. Ele está lá em cima agora. Eu o ouvi entrar há alguns minutos.

Um pouco mais tarde, o dr. Warren ficou surpreso ao encontrar uma srta. Polly muito corada no saguão. Ficou ainda mais surpreso ao ouvir a senhora falar, um pouco ofegante:

— Dr. Warren, certa vez, o senhor pediu-me para permitir que o dr. Chilton fizesse uma consulta e eu... recusei. Desde então, andei repensando, e quero muito que o senhor convoque o dr. Chilton. Peça para ele vir imediatamente, por favor. Obrigada.

CAPÍTULO 31
UM NOVO TIO

NA PRÓXIMA VEZ em que o dr. Warren entrou no quarto onde Pollyanna estava deitada, observando as cores dançantes brilharem no teto, um homem alto de ombros largos o seguia.

— Dr. Chilton! Ah, dr. Chilton, como estou contente em vê-lo! — exclamou Pollyanna. E com o enlevo alegre de sua voz, mais de um par de olhos no quarto aqueceu-se com lágrimas repentinas. — Mas, claro, se a tia Polly não quiser...

— Tudo bem, querida, não se preocupe — tia Polly acalmou-a, de modo agitado, apressando-se para a frente. — Eu disse ao dr. Chilton que... que queria que ele a examinasse... com o dr. Warren, esta manhã.

— Ah, então a senhora pediu para ele vir... — murmurou Pollyanna, contente.

— Sim, querida, eu pedi. Isto é... — mas era tarde demais. A alegria adorável que saltou aos olhos do dr. Chilton era inconfundível, o que a srta. Polly observou. Com o rosto muito vermelho, ela virou-se e deixou o aposento rapidamente.

Perto da janela, a enfermeira e o dr. Warren conversavam sérios. O dr. Chilton segurou as mãos de Pollyanna.

— Menininha, acho que hoje você fez uma das melhores tarefas para deixar os outros contentes — afirmou, com uma voz trêmula de emoção.

No entardecer, uma tia Polly totalmente trêmula e diferente postou--se em silêncio ao lado da cama de Pollyanna. A enfermeira estava jantando. Elas estavam com o quarto todinho para elas.

— Pollyanna, querida, vou lhe contar... você será a primeira a saber. Algum dia vou oferecer o dr. Chilton para você, como seu... tio. E foi você que fez tudo. Ah, Pollyanna, estou tão contente! Tão contente, querida!

Pollyanna começou a bater palmas, mas mesmo enquanto batia suas palmas pequeninas pela primeira vez, ela parou e as manteve suspensas.

— Tia Polly, tia Polly, eram DA SENHORA a mão e o coração que ele queria há tanto tempo? Era a senhora... Eu sabia que era! E foi isso que ele quis dizer ao falar que eu tinha feito o trabalho mais feliz de todos... hoje! Estou tão contente! Veja, tia Polly, estou tão contente que eu não me importo mais com nada... nem mesmo com as minhas pernas!

Tia Polly engoliu um soluço:

— Talvez algum dia, querida... — mas ela não terminou, ela não ousou contar para ela, ainda, a grande esperança que o dr. Chilton havia depositado em seu coração. Mas ela disse o seguinte, e, com certeza, isso foi bastante maravilhoso para a mente da menina:

— Pollyanna, na próxima semana você fará uma viagem. Você será carregada em uma cama pequena e confortável em carros e carruagens até um ótimo médico que tem uma clínica grande a alguns quilômetros daqui, construída especialmente para pessoas como você. Ele é um querido amigo do dr. Chilton e vamos ver o que ele pode fazer por você.

CAPÍTULO 32
UMA CARTA
DE POLLYANNA

Querida tia Polly e tio Tom

Ah, eu consegui... eu consegui... eu CONSEGUI ANDAR! *Hoje fui da minha cama até a janela! Foram seis passos. Puxa, como foi bom ficar sobre as pernas novamente!*

Todos os médicos estavam ao redor e sorriram, e todas as enfermeiras estavam ao lado deles e choraram. Uma senhora na enfermaria ao lado que caminhou pela primeira vez na semana passada espiou pela porta, e outra, que espera caminhar a qualquer momento no mês que vem, foi convidada para o evento. Ela deitou-se na cama da minha enfermeira e bateu palmas. Até Tilly, a senhora que limpa o chão, olhou pela janela do pátio e me disse: "Meu docinho", quando ela conseguiu parar de chorar para falar alguma coisa.

Não sei por que eles choravam. Por que eu queria cantar, falar alto e gritar! Ah! Ah! Ah! Imaginem, eu consigo andar... ANDAR! *Agora não me importo de ter ficado aqui quase dez meses, e de qualquer modo nem perdi o casamento, e foi pela senhora, tia Polly, ter vindo aqui se casar bem ao lado da minha cama, para que eu pudesse vê-la. A senhora sempre pensa nas coisas que dão mais alegria!*

Logo, logo estarei de volta. Gostaria muito de poder andar até aí. Acho que nunca mais vou querer andar de carro. Será tão bom apenas poder andar! Ah, estou tão contente! Estou contente por tudo. Pois estou contente até por ter perdido minhas pernas por um tempo, porque você nunca, nunca saberá como as pernas são tão boas até não tê-las mais... é isso, acho. Vou caminhar oito passos amanhã.

Com muito amor para todos.
Pollyanna